패왕의 별

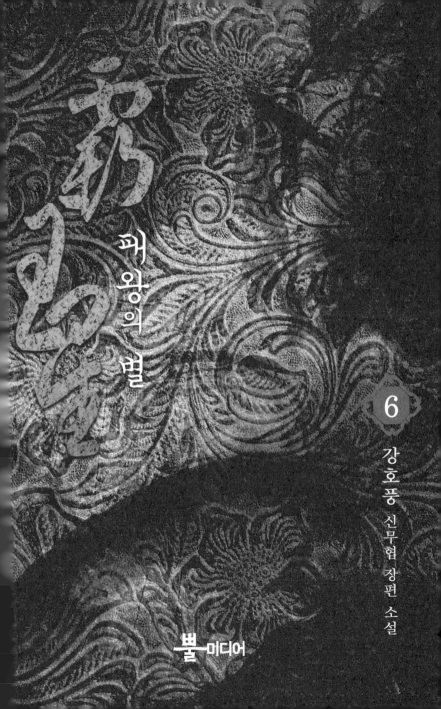

패 왕의 별

6

강 호 풍 신 무 협 장 편 소 설

뿔미디어

목차

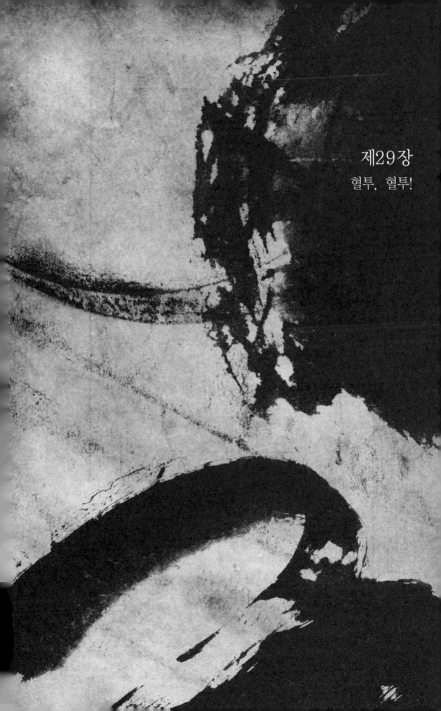

제29장
혈투, 혈투!

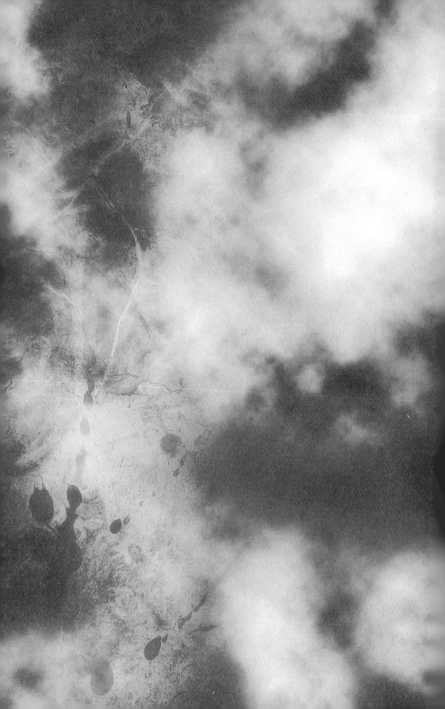

1

모용린은 결국 일각을 채우지 못하고 반 각 만에 일어났다.

"지금 가는 게 낫겠어요. 책사로서 뒤에 처져서 전황도 파악 못하고 있다는 것이…… 한심하다는 생각이 자꾸 드네요."

팽우종이 고개를 끄덕이며 동의했다.

"예. 원래 쉬게 하려던 백호단이 모두 가 버렸으니…… 별 의미가 없군요. 거기에 청성분들도 가셨으니."

화가연도 답답했다는 표정으로 맞장구를 쳤다.

"예, 어서 가요. 이건 뭐, 쉬는 건지 벌을 받는 건지 헷갈릴 정도였어요."

셋은 당철현에게 뒤따라올 당문인들을 부탁한다는 말을 하고 자리를 뜨려고 했다. 하지만 넷은 아무 말도 못하고 자신들이 왔던 길을 뒤돌아보았다.

한 인영이 어둠 속에서 무서운 속도로 쇄도하고 있었다. 다가오는 그 빠름이라는 것이 생전 처음 보는 것이라 말문을 잃을 정도였다.

가장 먼저 달려 나갔던 낭왕 대협도 저렇게 황당한 속도를 보이진 않았다.

바위에 앉아 있던 당철현도 놀라 숨을 죽였다.

그들 넷이 대체 누굴까, 라는 말을 하려는 순간 이미 인영은 근접한 상태였다. 너무 갑자기 확 다가온 느낌에 화가연은 자신도 모르게 뒷걸음질을 쳤을 정도였다.

그게 무안해서인지 그녀가 침묵을 깼다.

"푸, 풍운 소협! 왜 이곳에?"

그 질문이 끝나는 순간 풍운은 넷 앞에 섰다. 그는 땀으로 흠뻑 젖은 얼굴을 소매로 훔치며 물었다.

"왜 여기 계십니까?"

모용린이 입을 멍하니 벌리고 있다가 침을 꿀꺽 삼키고는 중얼거리듯 말했다.

"대, 대체 무슨 경공이⋯⋯."

풍운이 그녀의 말허리를 끊었다.

화재로 인해 붉어진 저쪽 편 하늘.

원래 세운 계획에서 뭔가 균열이 생긴 것을 알고 있기에 풍운은 마음이 급했다.

"남은 분들은요?"

팽우종이 손으로 앞쪽을 가리키며 말했다.

"그야 당연히 저곳으로 갔소. 그런데 풍운 소협⋯⋯."

그의 말이 끝나기도 전.

부우우우웅!

넷은 사위의 공기가 출렁이며 만들어 낸 거센 바람을 맞았다. 풍운이 출발하면서 생겨난 파동이었다.

넷의 고개가 동시에 풍운의 뒤를 쫓았다.

순식간에 멀어지는 그를 보면서 모두가 잠시간 얼어붙었다.

화가연이 고개를 절레절레 저으며 말했다.

"사람이⋯⋯ 저리 빠를 수도 있나요? 당문에서 보았던 건 워낙 단거리라서 그냥 그럴 수도 있겠다 싶었는데 이건 대체…… 말이 안 나올 정도네요."

팽우종은 너무 기가 차니 헛웃음이 나왔다. 그러나 이내 한숨을 내뱉고 대꾸했다.

"빠르기로 당금 천하제일이라는 무영객(無影客) 어르신도 저 정도는 아닐 듯한데……. 하아아……. 참 천하는 넓구나. 그런데 저 친구가 정말 무림서생의 호위가 맞는 거냐? 결코 일개 호위로 썩을 인물이 아닌데."

풍운이 절정고수란 것에 반신반의했다. 그런데 방금 본 경공을 떠올리니 정말 그럴 수도 있겠다는 생각이 들었다.

약관의 나이에 절정고수라.

어이가 없어서 쓴웃음만 나왔다. 나름 열심히 살아왔다고 생각했는데 요즘 주변에서 왜 이리 괴물들이 많이 보이는지.

모용린도 그런 생각을 하는지 고개만 연신 절레절레 젓는 중이었다.

화가연이 말을 받았다.

"맞아요. 천 공자님과 꽤 돈독해 보였어요."

"그래? 하하하. 천 공자는 참으로 인복이 많구나."

"그게…… 풍운 소협을 천 공자가 알아본 거래요."

"응? 그건 또 무슨 말이냐?"

"저도 들은 얘기라 잘은 모르겠는데, 풍운 소협이 실력을 숨기고 있었대요. 아무도 몰랐는데…… 그것을 천 공자께서 간파한 거죠."

모용린과 팽우종은 화가연의 말이 무슨 뜻인지 몰라 눈만 껌뻑거렸다.

절정고수가 실력을 숨기고 있는데 평범한 사람이 그것을 알아챈다는 것이 말이 되는가?

당철현이 물끄러미 있다가 말했다.

"자네들…… 안 가나?"

그제야 정신을 수습하고 움직이는 삼 인이었다. 모두가 사라지자 당철현은 손가락으로 입술을 매만지며 생각에 빠져들었다.

만약 자신이 당문의 제자들과 함께 늦게 도착할 때까지 싸움이 끝나지 않는다면 어떻게 싸우는 것이 효과적일까?

어쩌면 적들도 무형지독의 진실을 어슴푸레 짐작하고 있을지도 모르는 일이었다.

그리고 또 다른 생각도 놓치지 않았다.

"흐음. 천 공자를 얻으면 풍운도 얻는 건가?"

그 둘을 당문으로 끌어들일 수만 있다면, 죽어도 여한

이 없겠다는 생각마저 들었다. 사문의 앞날은 창창할 테니까.

"천 공자는 혜미, 풍운은 누구로 한다?"

그의 고민이 깊어졌다.

*　　　　*　　　　*

많은 낭인들이 사용하는 칼, 박도.

방야철은 박도의 나무 손잡이를 엄지로 훑으며 손때가 묻어 반질반질한 감촉을 즐겼다.

싸움 직전에 흥분되는 감정을 가라앉히는 그만의 습관이었다.

그는 좌우의 구릉지대 끝에서 싸우고 있는 이들을 보았다.

독고세가와 곤륜일 터였다.

원래 이곳에서는 전면전을 할 계획이 없었다. 그렇다는 것은 흑도인들 중 꽤 머리를 쓰는 동시에 지형을 파악한 인물이 있다는 얘기였다.

어쨌거나 계책의 일부분이 틀어졌다.

사실 그것이 중요한 건 아니다. 원래 싸움이란 것이 언제 변수가 생길지 알 수 없는 것이니까.

다만 이 변수로 인해 독고세가와 곤륜이 위험에 빠졌다는 점이었다. 아쉽게도 능운비 현무 단주는 보이지 않았다.

그가 싸움 도중에 올지 끝까지 오지 않을지 알 수 없었다. 하지만 독고세가와 곤륜이 동료를 믿고 이곳에서 싸움을 했다는 것은 짐작할 수 있었다.

방야철의 입가가 길게 늘어나며 호선을 그렸다.

그들이 믿어 주었으니 기대에 부응을 해야 되지 않겠는가?

무림맹 생활을 오래했지만 자신을 진심으로 믿어 주는 이들은 없었다. 그런데 그런 사람들이 나타나고 있었다.

천류영이란 청년 한 명을 중심으로 말이다.

"내가!"

그의 공력이 담긴 음성에 허공이 부르릉 떨리며 진저리를 쳤다.

그에 흑도의 수뇌부가 각자 싸워야 할 곳으로 이동하려다가 눈살을 찌푸렸다.

"낭왕, 방야철이다!"

그는 말을 마치고 잠깐 멈췄던 발을 다시 박차며 박도

로 전면을 가리켰다.

수뇌부와 서른 명의 고수들이 있는 곳.

"너희들 모두 내 밥이다."

그의 광오한 말에 마불이 발끈했다.

"저런 미친놈이 있나?"

뇌악천이 미간을 찌푸리며 말했다.

"신경 쓸 필요 없습니다. 시간을 끌려는 겁니다."

사혈강이 고개를 주억거리며 대꾸했다.

"낭왕은 내가 처리할 테니 각자 맡은 일을 합시다."

방야철과의 거리는 이제 이십여 장이었다.

마불이 방야철을 쏘아보다가 홱하고 돌아섰다.

"소교주, 어서 갑시다. 가서 저 독고세가 놈들을 모조리 죽여 버립시다."

"예, 그러지요."

곤륜을 상대하는 백랑대를 지원할 몽혈비와 황마객 장로도 발걸음을 뗐다.

그때 방야철이 죽은 척후병에게 다다라 깃발을 뽑아 들었다. 그리고 앞을 향해 힘껏 던졌다.

쇄애애액!

"헉!"

그것은 곧장 마불을 향해 쏘아졌다. 마불은 난데없는 공격에 놀라 기겁성을 터트리면서도 팔을 세차게 휘둘렀다.

터엉.

깃대가 마불의 코앞에서 옆으로 튕겨 나갔다.

방야철은 다시 달려오며 외쳤다.

"너희들 다 내 밥이라고 했다. 서른이 넘는 놈들이 나 하나가 무서워 꽁무니를 빼는 것이냐?"

마불이 버럭 성내며 대꾸했다.

"오냐! 상대해 주마! 저 미친놈을 단숨에 때려잡고 가도 늦지 않을 것이 아니오?"

뇌악천이 이맛살을 찌푸렸다.

"저게 놈의 노림수입니다."

황마객 장로가 끼어들었다.

"노림수건 뭐건 우리 모두가 있는 곳으로 돌진하는 미친개다. 단숨에 때려잡으면 되지 않겠는가?"

많은 이들이 방야철의 도발에 자존심이 상했다.

아무리 절정고수인 낭왕이라 하더라도, 자신들의 면면을 고려하면 이건 있을 수 없는 일이었다.

물론 낭왕이 자신들에 대해 잘 모르니까 그런 것이겠지

만 화가 누그러지지는 않았다.

그 순간 사혈강이 앞으로 발을 내디뎠다.

"낭왕! 오랜만이구나!"

"날 아나?"

"이십 년 전, 대설산에서 네놈과 반 시진 넘게 싸웠다. 벌써 잊었느냐?"

"나는 내게 진 놈은 기억하지 않아."

"지지 않았다!"

"내 기억에 없으면 진 거야."

방야철과 사혈강이 충돌했다.

콰아아앙!

박도와 곡도가 부딪쳤는데 쇳소리가 아니라 폭음이 일었다.

둘이 최초의 공격에 얼마나 많은 공력을 담았는지 볼 수 있는 대목이었다.

"크으으."

사혈강의 악문 입가에서 엷은 신음이 흘러나왔다. 그의 신형이 다섯 걸음 가까이 주르륵 밀려났다.

그에 수뇌부와 서른 명의 고수들이 눈을 치켜떴다.

공력에서 사혈강 궁주가 낭왕에게 밀린다는 의미였다.

그들이 알기로 수뇌부 중에서 사혈강 궁주보다 심후한 내공을 가진 이는 혈사제가 유일했다.

쇄애애액.

박도가 거친 파공성을 일으키며 허공을 갈랐다.

그런데 그 방향은 사혈강이 아니라 마불이었다.

파아아아아.

박도에서 뿜어져 나온 푸른빛 도기(刀氣)가 십여 가닥으로 갈라지며 허공을 넘어 마불을 덮쳤다.

"이이, 미친놈이! 왜 또 나에게?"

마불이 놀라 힘껏 양손을 뻗었다. 그의 장심에서 붉은빛 장력이 뻗어 나와 도기와 충돌했다.

콰아아앙!

다시 이는 폭음!

마불은 너무 급작스럽게 장력을 뿜어낸지라 팔이 저릿저릿했다. 또한 두 걸음을 밀려나고 말았다.

그런데 방야철은 마불에게 뿌린 도기의 결과를 확인하지도 않고 잇달아 박도를 휘둘렀다.

역시 이번에도 푸른빛 기류가 박도에서 뿜어져 나왔다.

그런데 이번엔 몽혈비 장로를 향했다.

"헉!"

몽혈비 장로는 낭왕이 자신을 공격할 것이라고는 상상조차 못했다.

절정고수 간의 대결.

한 사람에게만 집중해도 사소한 실수로 목숨을 잃게 된다. 그런데 낭왕은 지금 사혈강 궁주뿐만 아니라 마불 부주지까지 공격했다.

이 상황에서 또 다른 인물을 공격할 것이라고는 전혀 예상하지 못했다. 그 대상자가 자신일 것이라고도.

몽혈비 장로는 급히 검을 빼 들어 쇄도하는 도기를 후려쳤다.

하지만 방심의 대가가 있었다. 두 개의 도기가 자신의 옆구리와 허벅지에 꽂힌 것이다.

파팍!

"크윽."

몽혈비는 고통보다 수치심으로 인해 얼굴이 시뻘겋게 변했다.

아니, 그뿐만 아니라 사혈강과 마불도 마찬가지였다.

낭왕은 지금 자신들 셋을 농락한 것이나 진배없었다.

그의 행동이 너무 황당하고 기괴해서 설마 하다가 창졸지간에 바보가 되어 버린 꼴이었다.

혈사제도 입을 쩍 벌리고 헛웃음을 흘렸다.

"허허허. 낭왕이 미친놈이었던가?"

이런 식의 공력소모는 이로울 것이 없었다.

즉, 속이 빤히 보이는 수였다. 곤륜과 독고세가에 갈 지원군을 잠깐이라도 지체시키려는 것이었다.

문제는 그 수작을 알면서도 그냥 못 본 척하고 지나갈 수 없게 되어 버린 것이다.

백도 무림이건 흑도 무림이건 확실한 공통점이 하나 있었다.

무사의 자존심.

특히나 고수의 자존심은 목숨보다 더 중요한 것이다. 그런데 지금 낭왕은 자신들 전체를 욕보인 것이었다.

방야철이 씩 웃으며 입을 열었다.

"내가 말했잖아. 너희들, 다 내 밥이라고."

뇌악천이 한숨을 쉬며 수뇌부에게 말했다.

"어쩔 수 없군요. 낭왕부터 해치우죠."

그러면서도 그는 서른 명의 고수들에게 지시를 내렸다.

"너희들은 원래대로 움직여라!"

"존명!"

서른의 고수들이 마침내 곤륜과 독고세가를 향해 달렸다.

방야철은 그것까지 막을 수는 없음을 알고 있었다.

괜히 그들을 향해 또 칼을 휘둘렀다가는 지금 죽일 듯한 시선으로 바라보고 있는 여섯 명이 자신을 한순간에 난도질해 버릴 테니까.

이제부터는 집중해야 했다.

공세가 아니라 수비다. 수하들이 올 때까지!

또르륵.

땀이 귀밑머리를 타고 흘렀다.

들숨과 날숨이 약간 빨라졌다.

앞으로 한 명, 좌우로 한 명씩.

무려 세 명의, 모두 절정고수로 추정되는 이들이 동시에 달려들었다.

자존심이 강한 고수들 세계에서는 결코 흔치 않은 일이다. 그러나 역설적으로 저들이 그만큼 자존심이 상했다는 반증이기도 했다.

단숨에 끝장내 버리겠다는 의지 표명.

그들이 쥔 병장기가 가득 담긴 내공으로 인해 진동을 일으켰다. 그들의 신형에서 살기가 뭉클뭉클 피어났다.

방야철은 숨을 들이마시고 씩 미소 지었다.

"간만에 싸울 맛 나는군."

"건방진 놈!"

정면에서 혈사제가 대꾸하며 칼을 휘둘렀다.

쇄애애액.

검풍이 먼저 방야철을 덮쳤다. 강류가 그를 쓸고 지나갔다.

파파파팟.

옷과 피부 몇 군데가 날카로운 칼에 베인 것처럼 갈라졌다. 물론 엷은 상처다.

그렇기에 방야철은 강류의 공격을 무시했다.

진짜는 이제부터였다.

강대한 검기가 뒤이어 들이닥쳤다.

그와 동시에 좌우에서도 장력과 칼이 들어왔다.

짧은 순간 집중된 세 절정고수의 합공.

이미 회피하기엔 늦었다.

그렇다고 뒤로 물러난다면 상대의 공격이 더욱 거세지며 제대로 된 반격 한번 해 보지 못하고 당할 것이 자명했다.

"하아아합!"

방야철은 기합을 넣으며 박도를 세차게 휘둘렀다.

파파파파파파파.

엄청난 속도로 박도가 움직였다. 너무 빨라 실체는 사라지고 잔상만 남았다.

그 빠른 박도의 움직임을 따라 도기가 주변에 뿌려지더니 일종의 방어막을 형성했다.

도막(刀幕)이다.

퍼퍼퍼퍼어어엉.

그의 전면과 좌우에서 커다란 폭음이 터졌다.

목구멍으로 피가 넘어왔지만 방야철은 그냥 다시 삼켜 버렸다.

막았다.

그러나 이번엔 뒤에 있던 셋이 땅을 박차고 허공으로 뛰어올랐다.

방야철은 입맛을 다셨다.

자신이 도발하기는 했지만 이렇게까지 철저하게 작심하고 몰아붙일 줄은 몰랐다.

"절정고수란 것들이 연달아 셋이나 오고 싶으냐?"

그 순간 방야철의 뒤쪽에서 하나의 목소리가 들렸다.

"좌측의 한 명은 제가 맡죠."

"……!"

풍운이 백호단까지 추월하고 먼저 당도했다. 그의 은밀

하면서도 전격적인 등장에 낭왕뿐만 아니라 여섯 수뇌부
의 눈동자도 거칠게 흔들렸다.

2

파아앗.

시퍼런 벼락이 어둔 허공을 두 쪽으로 쪼갰다.

"헉!"

황마객 장로가 기겁하며 호신지기를 끌어올리는 동시
에 유엽도를 재빨리 휘둘렀다.

부우우웅!

도신이 넓은 유엽도가 말총머리 청년이 쏘아 낸 검기를
때렸다.

아니, 때렸어야 했다. 그런데 상대가 쏘아 낸 검기의
속도란 것이 비정상적으로 빨랐다.

파아앗.

황마객 장로 흑의의 가슴께가 찢어졌다. 그 안의 단단
한 살갗도 갈라지며 핏방울이 맺혔다.

"……!"

흑도 수뇌부의 눈이 화등잔만 해졌다.

황마객 장로의 작은 부상이 놀라운 것이 아니었다.

갑자기 등장한 청년의 검기가 보여 준 속도가 충격적이었다. 또한 그 위력이 만만치 않다는 것도 놀라웠다. 분명 황마객 장로는 호신지기를 끌어 올렸다. 그런데도 검기가 호신지기를 뚫어 버렸다!

혈사제가 풍운을 보며 경계하는 어조로 말했다.

"네놈은…… 당문에서 아수라 단주를 죽인 놈이구나. 빨라. 비정상적으로……."

풍운의 일격은 방야철을 향한 수뇌부의 공격을 멈추게 만들었다. 그 짧은 순간에 풍운이 방야철의 옆에 당도해 나란히 섰다.

방야철은 곁눈질로 풍운을 보며 씨익 미소 지었다.

당문세가에서 얼굴을 본 녀석이었다.

천 공자의 호위.

"천 공자는?"

"우리들보다는 편안할 걸요?"

"후후후. 그런가? 그런데 제법이군. 그 나이에 절정이라니. 가만…… 자네 이름이?"

"풍운. 제가 좌측 셋을 맡죠."

"응?"

"낭왕께서 우측 셋을 맡으세요."

방야철은 당황했다.

지금 이 말총머리 청년이 공격을 하자는 건가? 절정고수 세 명씩 맡아서 정면 대결을 하자는 말?

아주 어려운 일이다. 하책 중에서도 최하책.

곧 백호단원들이 올 테니 그때까지 수비를 하며 버티는 것이 상책이었다.

풍운이 어린 나이에 절정의 경지까지 오른 천재다 보니 겁이 없다는 생각이 들었다.

이런 인물들은 대개…… 결국 그 객기로 인해 비명횡사하고 만다.

방야철은 상대들이 이를 갈면서 천천히 다가오는 것을 보며 입을 열었다.

"풍운, 자네를 위해서 하는 말인데……."

그는 말을 잇지 못했다. 풍운이 앞으로 튀어나가 간 것이다.

"갑니다!"

"이 미친!"

방야철은 낮게 욕설을 뱉으며…… 어쩔 수 없이 자신도 앞으로 움직였다.

쇄애애액.

풍운이 먼저 검기를 그리고 방야철이 바로 뒤따라 도기를 앞으로 뿌렸다. 그 둘의 전격적인 공격에 여섯 수뇌부는 진심으로 당황했다.

놈들은 당연히! 수비에 치중해야 했다.

자신들 여섯의 절정고수가 내력을 잔뜩 끌어 올리고, 제대로 된 공격을 퍼붓기 위해 동료들과 거리까지 벌렸다. 그렇다면 낭왕과 말총머리는 긴장한 얼굴로 힘을 합쳐 수비를 해야 맞았다.

혈사제가 분노해 소리 질렀다.

"네놈들이 우리를 얼마나 하찮게 여겼으면!"

그의 은빛 검에서 노도와 같은 검기가 쏟아졌다.

뇌악천의 칼에서는 붉은 검기가, 마불의 양손에서는 장력이! 세 절정고수가 뿜어낸 강류가 풍운을 삼키려는 듯했다.

그 순간 앞으로 달리던 풍운의 신형이 갑자기 허공을 향해 거의 직선으로 솟구쳤다.

어기충소(御氣沖霄)!

한 줌의 진기로, 찰나의 순간에 몸을 높이 뽑아 올린다는 희대의 경신술.

그의 몸이 어느새 삼 장여 떠올랐다.

퍼퍼어어엉!

풍운이 있던 곳을 지난 혈사제, 뇌악천, 마불의 공격들
이 땅과 충돌하며 굉음이 일었다.

그 순간에 풍운의 신형은 이미 아래로 하강하고 있었
다. 역시나 무서울 정도로 빠르게.

원래 고수들은 함부로 몸을 허공으로 띄우지 않는다.
내려설 때 약점이 노출되기 때문이었다.

무적검 한추광처럼 허공에서 이동하거나 멈출 수 있는
운룡대팔식 같은 희대의 경신술을 익히지 않은 이상 매우
위험한 선택이다.

그러나 풍운은 아랑곳하지 않았다.

상대의 반격? 기습?

그럼 그 공격보다 더 빠르게 움직인다.

세상에서 어느 누구보다 가장 빠르게!

그게 천궁의 무공이었다.

한 발 더 빠른 움직임으로 상대의 공격을 회피, 무력화
시킨다.

그리고 상대가 칼을 한 번 휘두를 때, 두 번 이상 휘두
르는 빠른 칼로 상대를 제압한다.

마불의 눈이 찢어질 듯이 커졌다.

말총머리가 자신을 향해 떨어져 내렸다. 시퍼런 검기와 함께.

놀라면서도 그는 준비를 마쳤다. 어느새 그의 주먹이 검게 변했다.

흑철권(黑鐵拳)!

파파파파아아!

풍운의 검기에 마불의 승복 몇 군데가 찢어졌다. 그러나 그는 황마객 장로와 달리 피부가 멀쩡했다.

마불의 공력이 황마객보다 높은 이유도 있었지만, 진짜 이유는 흑철권의 효과였다.

주먹은 쇠처럼 견고해지고 몸도 평소보다 몇 배 단단해진다.

마불의 까만 주먹과 풍운의 검이 만났다.

콰아아앙!

둘의 신형이 충격에 뒤로 몇 걸음씩 주르륵 밀려났다. 그런데 풍운이 밀려나던 몸을 발꿈치로 땅을 찍어 멈추게 하고는 다시 마불을 향해 폭사했다.

그건 마치 어기충소를 마불을 향해 펼친 것 같았다.

이 예상치 못한 풍운의 몸놀림은 두 가지 의미가 있었

다.

충돌 이후 밀려나는 풍운을 노린 뇌악천과 혈사제의 공격을 빗나가게 만들었다. 그리고 마불이 전혀 예상하지 못했다는 점이다.

파앗.

짧은 파공성. 그리고 비명.

"끄아아악!"

마불이 뒤로 훌쩍 물러나 옆구리를 움켜잡았다. 회피한다고 했지만 베였다.

만약 풍운의 빠름을 경계하지 않았다면 아수라 단주처럼 허망하게 죽었을 만큼 위협적인 공격이었다.

또한 혈사제 태상장로가 달려와 풍운을 향해 진검을 날리지 않았다면 계속 몰리며 위험에 빠질 뻔했다.

쩡쩡쩡.

혈사제의 칼이 검기를 쏟아 내며 잇달아 풍운의 검을 때렸다.

파파파아아!

풍운은 혈사제의 검기를 고스란히 맞을 수밖에 없었다. 검기까지 신경 쓰다가는 진검에 목숨이 날아갈 판이었으니까.

하지만 그건 혈사제 역시 마찬가지였다. 풍운이 휘두르는 검에서 끊임없이 튀어나오는 검기에 속수무책으로 당했다.

혈사제와 풍운의 미친 듯한 검투!

뇌악천은 도우러 지척까지 갔다가 다시 뒤로 물러설 수밖에 없었다.

절정의 경지인 자신의 안력으로도 쫓기 힘든 빠름이었다. 둘이 휘두르는 칼은 마치 수백여 개로 보일 지경이었다. 그렇게 많은 잔상들이 계속 부딪치고 충돌하며 수백여 개의 시퍼런 불똥을 사방에 뿌려 댔다.

이런 상황에서 어설픈 도움을 주려 했다가는 오히려 태상장로에게 해(害)가 될 수도 있었다.

뇌악천은 그 혈투를 보며 입을 쩍 벌렸다.

아무리 보아도 스물 전후로밖에 보이지 않는 청년인데 이곳에서 가장 고강한 태상장로와 팽팽한 접전을 펼치다니.

다른 곳도 아닌 대(大) 천마신교의 태상장로였다.

어지간한 군소방파 정도는 홀로 가볍게 쓸어버릴 힘을 가진 분. 그런 분을 상대로 이름도 들어 본 적 없는 애송이가 전혀 밀리지 않았다.

뇌악천은 예전 천마검 백운회의 무위를 보았을 때처럼 충격에 빠져들었다.

마불 역시 혈도를 짚어 옆구리를 지혈하며 보다가 침을 연신 삼켜 댔다.

"크윽!"

마침내 한 사람에게서 신음이 흘러나왔다. 그 소리에 뇌악천과 마불이 반색했다.

말총머리 녀석이 지른 신음이었다.

그리고 풍운과 혈사제가 반 각 가까운 혈투를 마치고 떨어졌다.

풍운이 입가의 혈흔을 쓱 소매로 훔치고는 말했다.

"좀 아프군요."

그의 왼쪽 어깨가 점점 핏물로 젖어 갔다. 아까의 신음은 분명 저 어깨 때문인 듯싶었다.

혈사제가 풍운을 쏘아보며 침중한 얼굴로 물었다.

"너는…… 누구냐? 네 사문은 어떤 곳이냐?"

혈사제는 삼대 신비 문파 중 하나인 천궁을 떠올렸다. 그러나 천궁주는 마흔 살이 넘어야 강호에 출도할 수 있다고 했다. 그리고 천궁주가 무림서생의 호위를 하고 있을 리 만무했다.

풍운은 입안에 핏물이 자꾸 고이자 밖으로 뱉고는 씩 웃었다.

"날 이기면 알려 주죠."

"어차피 승리는 내 몫. 네놈이 죽어 버리면 대답을 어디에서 듣느냐?"

"호오. 내 어깨를 살짝 벤 것으로 날 이겼다고 생각하는 겁니까? 그쪽은 나보다 더 상처가 심할 텐데."

그 말에 뇌악천과 마불이 혈사제의 몸을 빠르게 훑었다. 그리고 둘의 눈동자가 흔들렸다.

검을 쥔 혈사제의 오른손에서 핏물이 땅으로 뚝뚝 떨어지고 있었다.

풍운이 말을 이었다.

"검, 제대로 쥘 수나 있는 겁니까?"

"멀쩡하다는 것을 보여 주지!"

"다행이군요. 쾌검다운 쾌검을 구사하는 사람을 정말 오랜만에 봤거든요. 그럼…… 두 배 더 빠르게 가 볼까요?"

"……!"

혈사제의 눈동자가 거칠게 흔들렸다. 그리고 뇌악천과 마불도 놀란 낯빛을 짓다가 고개를 저었다. 그건 불가능한 일이니까. 그러면서도 셋 모두의 얼굴에 짙은 긴장감이 어렸다.

한편 풍운이 달려 나가자 방야철도 어쩔 수 없이 오른쪽으로 뛰었다. 자의는 아니었지만 그 와중에도 방야철은 계산을 마쳤다.

그는 세상 어느 누구보다 많은 실전을 겪었다. 이런 절정고수들을 상대하는 방법 역시 잘 알고 있었다.

절정고수가 두 명 이상이면?

방심을 노린다.

사람들은 무공이 강한 고수들은 방심을 하지 않을 것이라고 여긴다. 그러나 그건 착각이다.

고수들은 자신의 힘을 믿기에 오히려 더 종종 방심한다. 그리고 공을 세울 기회가 있으면 더 그렇다. 마지막으로 고수인 동료가 곁에 있으면 두말할 필요도 없었다.

즉, 저 세 명은 이런 세 가지 요소를 모두 갖추고 있었다.

방야철은 우측 셋 중에서 중앙의 사혈강을 노렸다. 우선 칼을 휘둘러 도기를 뿌렸다. 그러자 사혈강이 기다렸다는 듯이 곡도를 휘둘렀다.

퍼퍼퍼퍼어엉.

사혈강은 낭왕의 도기를 모조리 베어 버렸다.

그리고 둘의 진짜 칼이 충돌했다.

퍼엉!

역시 폭음이 터졌다. 그런데 이번엔 아까 최초의 충돌
과는 반대로 방야철이 옆으로 팽개쳐지듯이 튕겨 나갔다.

하지만 사혈강은 웃지 못했다.

'응? 뭐냐?'

낭왕의 칼에 내공이 거의 담겨 있지 않았다.

즉, 그는 부딪치는 순간 이미 옆으로 움직일 준비를 하
고 있었다는 것이다.

왜냐는 질문이 떠올랐지만 답은 곧바로 나왔다.

낭왕이 튕기듯 나간 방향에는 자신을 도우러 오는 마교
의 장로 중 한 명이 있었다.

황마객.

그는 낭왕이 충돌 후 튕겨 나가 땅을 구르자 반색했다.
마치 이게 웬 떡이냐는 듯한 얼굴이었다.

신음을 흘리며 땅에 쓰러진 낭왕이 자신의 앞쪽에 있었
기에 그랬다.

황마객은 지체 없이 유엽도를 치켜들었다. 그런데 그의

칼보다 낭왕의 박도가 더 빨랐다.

"조심하시오! 놈은 밀린 것이 아니라……."

사혈강 궁주의 목소리가 터졌다. 그러나 이미 박도는 황마객의 하체를 쓸어 갔다.

"헉!"

황마객은 황급히 몸을 뒤로 띄웠다. 문제는 자신이 유엽도를 휘두르던 와중이라 시간이 찰나 지체되었다는 점이었다.

서걱!

"끄으으윽!"

황마객의 오른 발목이 낭왕의 박도에 싹둑 잘려 나갔다. 방야철은 자신의 등에 폭사하는 검기를 피하며 입맛을 다셨다.

"그래도 절정이라 이건가? 그 상황에서 피하다니."

두 다리를 노렸건만 발목 하나라니. 아쉬웠다. 그러나 나쁘지는 않았다. 한 명은 전력에서 이탈한 것이나 다름없으니까.

"죽여! 저놈을 죽이시오!"

황마객은 뒤로 껑충껑충 물러나서는 급히 지혈을 하며 외쳤다. 분노의 광기가 그의 눈빛과 목소리에서 쏟아져

나왔다.

그리고 자신이 찰나 방심한 대가가 너무 크다는 것에 대한 회한의 표정이 짙게 묻어났다.

"제길! 반드시 죽여 주시오! 반드시!"

사혈강의 곡도와 몽혈비의 검이 방야철을 향해 짓쳐 들었다.

쇄애애액. 쩌어엉!

두 절정고수의 칼이 방야철의 좌우에서 쉼 없이 파고들었다.

그것을 방야철은 독특하게 막아 냈다.

정신없이 칼을 휘두르면서도 순간순간 어깨의 움직임을 의도적으로 만들어 냈다. 즉, 어깨가 한쪽으로 짧은 순간이지만 휙휙 움직였다.

그것은 마치 낭왕이 그쪽으로 달려들려는 모습으로 보였다. 그렇기에 낭왕의 어깨가 움직일 때마다 그 방향에 있는 자는 자신도 모르게 움찔하며 수비를 염두에 두게 되었다.

그 간단한 어깨의 속임수를 이용해 방야철은 두 절정고수의 합격을 적절하게 막아 냈다.

사혈강과 몽혈비는 그렇게 몇 번이나 어깨 움직임에 속

으면서 슬슬 부아가 치밀었다. 이번엔 속지 말아야지 하면서도 정작 낭왕이 자신을 향해 어깨를 움직이면 저절로 경계를 하고 있었다.

그리고 그건 어쩔 수 없는 본능이었다.

사람은 누구나 자신에게 달려드는 것을 방어하려고 하기 때문이다.

그것을 실전의 대가라고 할 수 있는 방야철이 시의 적절하게 사용하니 사혈강과 몽혈비는 속임수임을 알면서도 꼬박꼬박 속았다.

그렇게 가뜩이나 부아가 치미는데 더 신경을 긁는 것이 있었다.

황마객 장로였다.

그는 시간이 흐를수록 자신이 발목을 잃었다는 것을 실감했다. 처음엔 고통과 당혹스러움이 컸으나 이젠 분노와 복수심이 훨씬 커졌다.

"뭐하는 겁니까? 두 분이서 한 놈을 못 당합니까?"

"사 궁주님! 더 강하게 공격하세요! 더 강하게요!"

"몽혈비 장로! 허리를 노렸어야지요! 아니지요!"

"그냥 죽이면 안 됩니다. 내가 놈의 발목을 자르게 해 주세요!"

"아! 답답합니다. 내공을 아끼시는 겁니까? 진력을 다 해야지요!"

사혈강이나 몽혈비는 물론 황마객 장로의 심정을 이해했다.

하지만 가뜩이나 낭왕의 어깨 동작에 부아가 치미는데 황마객 장로의 응원 아닌 잔소리가 빠르게 지겨워졌다.

결국 몽혈비 장로가 빽 소리를 질렀다.

"좀 조용히 좀 해 주시오! 집중이……!"

방야철이 노린 순간이었다. 그는 다시 어깨를 흔들었다. 몽혈비 장로를 향해서.

그러자 몽혈비는 말을 하던 와중이라 더 화들짝 놀랐다.

싸움꾼이건 무인이건 싸우는 도중에 말을 할 때가 있다. 그러나 그 순간 공격이 들어오면 당사자는 필요 이상으로 놀라고 경계하게 된다.

뇌가 그렇게 지시를 내리는 것이다. 이 위험한 순간에 무슨 얘기를 하고 있느냐고 질책하는 것이다.

그렇게 머리가 말도 일시 멈추게 하고 동작도 순간적으로 흐트러지게 만든다.

그 찰나의 틈은 절정고수에게 놓칠 수 없는 기회다.

파아앗!

"킥!"

몽혈비 장로의 입에서 단말마가 터졌다.

방야철의 박도가 그의 허벅지를 길게 그어 버렸다.

풀썩.

몽혈비는 허벅지를 움켜잡으며 주저앉았다. 그냥 베인 정도가 아니라 뼈까지 상했다.

"큭!"

이번의 신음은 방야철에게서 나왔다. 최대한 몽혈비를 향한 공격을 짧게 한다고 했지만 그것 역시 절정고수인 사혈강에게는 적지 않은 틈이고 허점이었다.

방야철은 뒤로 단숨에 예닐곱 걸음을 옮기며 가슴을 슬쩍 내려다보았다.

사혈강의 곡도에 사선으로 갈렸다. 하지만 과히 깊지는 않은 것이 뼈를 상하진 않았다.

방야철은 사혈강이 곧바로 달려들 것이라 생각했는데 그러지 않는 것을 보고는 고개를 갸웃거리다가 씩 웃었다.

"후후후. 이제 오는가?"

그의 등 뒤, 숲이 끝나는 지점의 어둠에서 백호단이 모습을 드러냈다.

백호 부단주 원평의 공력을 실은 고함이 허공을 울렸다.

"무림맹 백호단! 이제야 도착했습니다! 늦어서 죄송합니다, 단주님!"

"와아아아아!"

백호단이 함성을 지르며 전장에 나타났다. 아울러 독고설, 남궁수 일행과 이십여 청성인들도.

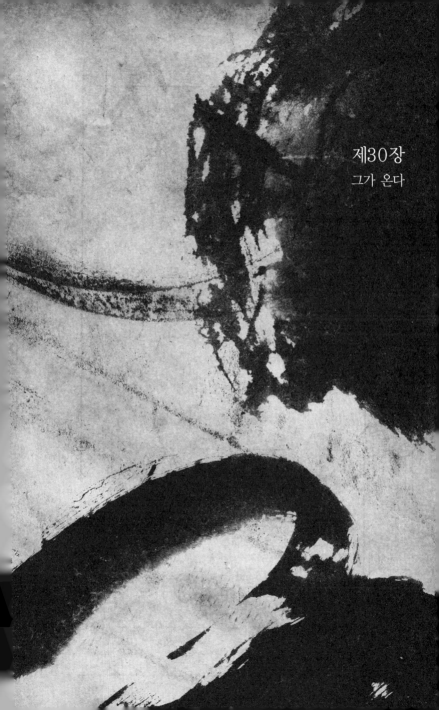

제30장
그가 온다

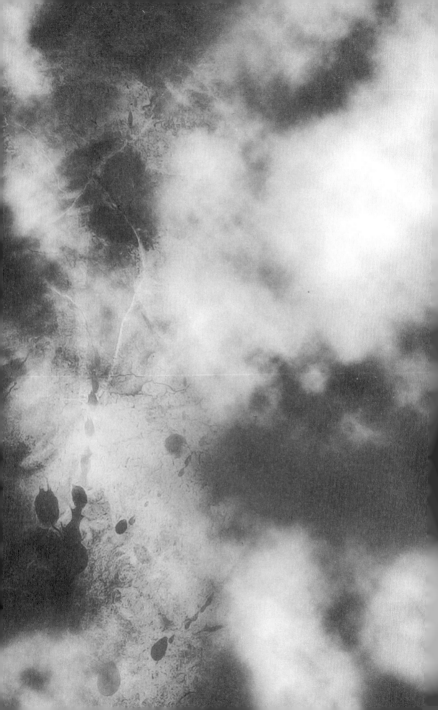

1

일백여 백호단원, 이십여 청성인들과 함께 달려온 독고설은 붉고 도톰한 입술을 꽉 깨물었다.

독고세가가 치열한 교전 중인 것이 보였다. 그 형세가 얼마나 위태로운지 금방이라도 붕괴될 것만 같았다.

그녀 바로 뒤에서 뛰던 조전후도 그것을 보았는지 눈을 부릅뜨며 백호 부단주, 원풍에게 외치듯 말했다.

"일부는 낭왕 대협과 풍운을 돕고 나머지는 반으로 나눠 본가와 곤륜을 도웁시다."

누가 보아도 현 상황에서 최선의 판단이라는 생각에 원풍이 동의하려던 순간이었다.

낭왕이 사혈강을 경계하면서 공력을 담아 외쳤다.

"백호단 전원은 나와 합류해 이들을 친다!"

낭왕의 명령.

원풍은 찰나 당황했다. 그러나 자신의 상관이며 우상인 낭왕의 명이었기에 곧바로 답했다.

"복명! 백호단은 단주님을 돕는다. 가자!"

"와아아아아!"

거센 고함과 함께 백호단이 전력질주 했다.

독고설이 아연한 얼굴로 빽 소리를 질렀다.

"지금 어디가 급한지 안 보이는 건가요?"

그녀의 항변에 조전후, 남궁수뿐만 아니라 청성인들 모두가 격하게 공감하는 표정을 지었다.

낭왕이 지금 내린 명은 지독하게 이기적이었다.

낭왕과 풍운이 적 수뇌부와 힘겨운 싸움을 하는 중이란 것을 모르진 않았다. 그러나 백호단 전원을 그쪽으로 몰아가다니!

백호단과 함께 앞으로 뛰면서도 그들은 일제히 낭왕의 명을 반박했다.

청우 율사가 비장하게 외쳤다.

"낭왕 대협! 우리 청성인이 대협과 풍운 소협을 돕겠소. 백호단은 둘로 나누어 곤륜과 독고세가를 돕게 해 주시오!"

조전후는 격분했다. 무림의 대선배지만 사문의 위기에 눈이 뒤집혀 욕설이 튀어나왔다.

"시펄! 낭왕! 이건 아니잖습니까?"

남궁수 역시 말했다.

"낭왕 대협, 전체를 봐야 합니다!"

장득무는 입술을 꾹 깨물고 뛰다가 모두가 항변하자 자신도 끼어 외치려고 했다.

그런데 그때 흑도의 수뇌부가 낭왕과 풍운에게서 떨어지더니 뒤로 물러나며 외쳤다.

"백랑대, 적랑대는 복귀하라!"

"아수라단은 어서 이리 돌아오라!"

"본궁의 제자들은 뭐하는가? 이곳으로 합류하라!"

뇌악천, 마불, 사혈강의 외침이 잇따라 터졌다.

그들의 명에 낭왕에게 따지던 이들이 '아!' 하는 탄성과 함께 살짝 얼굴을 붉혔다.

낭왕 방야철의 선택이 옳았다!

흑도의 수뇌부는 백호단 전원이 자신들에게 몰려오자 위급함을 느낀 것이다.

장득무가 냉큼 고함을 질렀다.

"활검문의 비검 장득무, 낭왕 대협을 믿었습니다!"

"헉, 헉헉헉."

독고무영은 거친 호흡을 쉼 없이 터뜨렸다.

짧은 시간에 저승에 갔다 온 기분이었다. 오로지 수비만, 그렇게 수비만 하며 간신히 버텼다.

그런 와중에 흑도의 열다섯 고수가 합류하면서 자신들의 진세는 사실상 무너졌다.

반 각도 안 되는 시간에 열 명이 넘게 죽었다. 그리고 이제 모두 끝장이라고 생각했다. 더 이상 버틸 여력이 없다고 여겼다.

그때 백호단의 등장은 가뭄에 내리는 단비와 같았다. 그리고 낭왕의 명이 터져 나왔다.

그 순간 독고무영은 곧 죽게 될지도 모른다는 공포보다 배신감을 진하게 느꼈다.

어떻게 그런 명을 내릴 수가 있단 말인가?

자신들은 동료를 믿고 이 힘겨운 싸움을 하고 있었는데

말이다!

하지만 곧 이어서 흑도의 수뇌부가 내리는 명에 자책의 쓴웃음이 입에 걸렸다.

그는 자신들을 거세게 몰아붙이던 적들이 경계를 늦추지 않으면서도 빠르게 물러나는 모습을 보며 고개를 절레절레 저었다.

"하아아. 나는 아직 멀었구나."

그의 시선이 백호단과 합류하는 낭왕에 못 박혔다.

독고무영의 곁에 있던 오성검 장로가 입을 열었다.

"괜히 낭인들의 우상이 아닌 게지요. 과연 수많은 실전의 대가다운 판단이었습니다."

"그러게 말이네."

"그리고 무림맹에서 책사들의 지시를 보고 들으며 배운 것도 있었겠지요."

"그렇겠지."

독고무영은 대꾸하며 오성검 장로를 보다가 눈을 치켜떴다.

"자네……."

그는 말을 잇지 못했다. 오성검 장로의 얼굴이 피범벅이었다. 그리고 그의 한쪽 귀가 사라져 있었다.

오성검 장로가 괜찮다는 미소를 지으며 말했다.

"죽은 제자들도 있습니다."

"……."

"이건…… 전쟁이잖습니까?"

독고무영은 말없이 고개를 주억거렸다. 오성검 장로가 눈을 빛내며 말을 이었다.

"그리고 싸움은 아직 끝나지 않았습니다. 이젠…… 우리가 공격할 때입니다."

독고무영은 한차례 크게 숨을 들이켰다.

아직 칼을 내려놓을 때가 아니었다. 자신들과 함께 싸우다가 스러져 간 제자들을 위해서라도.

하지만 독고무영은 주변의 제자들을 훑으며 한숨을 삼켜야 했다. 대부분이 크고 작은 부상을 입은 상태였다.

자신들이 적들과 싸운 시간은 그리 길다고 할 수 없었다. 그러나 그들과 자신들의 수준 차이는 결코 작지 않았다.

오성검 장로도 적이 거리를 벌리며 멀어지자 그제야 제자들을 살피고는 입술을 깨물었다.

"수비만 했는데도……."

정파의 팔대세가에 속하는 독고세가.

그러나 아직 갈 길이 멀다는 것을 새삼 깨달았다. 확실히 자신들은 팔대세가의 말석이라는 것을 부정할 수가 없었다.

독고무영은 제자들을 보며 말했다.

"싸움은 끝나지 않았다. 조금만 더 힘을 낼 수 있겠느냐?"

여기서 자신들만 빠질 수는 없었다. 그러나 독고무영은 물었다.

"싸울 것입니다!"

이 대답을 듣기 위해서.

무적검 한추광은 칼로 땅을 찍었다. 그리고 물러서는 적들을 보며 양손으로 칼 손잡이를 눌렀다.

쓰러질 것 같은 몸을 지탱하기 위함이었다.

격전 중에 느닷없이 찾아온 깨달음. 그로 인해 공력이 바닥나는지도 몰랐다. 상처가 벌어지는 것조차 인지하지 못했다.

그리고 열다섯의 흑도고수들이 개입하면서 그는 남아 있는 모든 것을 폭발시켰다.

덕분에 곤륜의 피해는 독고세가에 비해 작았다. 하지만 그로 인해서 한추광은 한계를 넘어 버렸다.

"쿨럭."

그가 기침을 하자 핏물이 흘러나왔다. 석현자가 다가와 물었다.

"괜찮은 겁니까?"

한추광은 고개를 끄덕이며 소매로 핏물을 닦았다.

"예. 하지만…… 더 이상의 싸움은…… 조금 힘들 것 같습니다."

석현자를 비롯한 곤륜인들은 한추광을 아픈 눈으로 보았다.

가공할 실력을 가진 마교의 고수들과 싸우면서도 가장 빛났던 그가 자랑스러우면서도 안타까웠다.

석현자가 부드러운 미소로, 그러나 결연한 어조로 말했다.

"이제 곤륜의 앞은 제가 맡겠습니다."

한추광은 입술을 지그시 깨물었다. 예전 같았으면 죽더라도 자신이 앞에 서겠다고 고집을 부렸을 것이다.

그러나 이제는 안다.

자신의 목숨이 곤륜에게 어떤 의미인지. 어설픈 복수욕이나 영웅심으로 사문에 큰 죄를 지을 수는 없었다.

자신은 해야 할 일이 많았다.

"부탁…… 드리겠습니다."

"예. 뒤에서 따라만 와 주십시오. 그것만으로도 저희들은 힘을 낼 것입니다."

*　　　　*　　　　*

보름달이 천공에서 자취를 감췄다.

이제 머지않아 동녘 하늘에서 일출이 시작될 것이다.

당철현은 앉아 있던 바위에서 벌떡 일어났다.

마침내 수하 제자들이 달려오는 모습이 보였다.

"이제야 오는군. 원 기다리다가 진력이 다 빠질……."

그는 한숨 어린 어조로 말하다가 눈을 화등잔만 하게 떴다.

달려오는 당문인들 옆으로 백마가 보였다.

"천 공자……."

당철현은 불신의 기색으로 멍하니 앞을 보았다. 몇 번 눈을 부비고 다시 보아도 백마에 탄 이는 천류영이었다.

마치 언제 실신했었냐는 듯이, 백마 위에서 흑포를 휘날리고 있었다.

"허허, 허허허허."

절로 웃음이 터졌다. 없던 힘이 솟아나는 듯한 기분이었다.

천류영이 당문인들보다 먼저 도착해서 읍했다.

"귀가의 만액환단 덕분에 이리 쾌차했습니다."

"놀랍구만. 믿기지가 않아. 어떻게 벌써?"

당철현은 천류영을 올려다보며 만면에 미소를 가득 머금었다.

"말에서 내리지 못하는 점 이해해 주십시오."

"응?"

"아무래도 먼저 가 봐야 할 것 같아서 말입니다."

천류영도 서녘 하늘이 붉어진 것을 보고는 불길한 생각에 전력으로 말을 몰고 온 것이었다. 당철현은 그제야 천류영의 얼굴이 매우 굳어 있다는 것을 알았다.

"하, 하지만…… 천 공자, 자네가 홀로 간다고……."

그의 말꼬리를 천류영이 끊었다.

"제 탓입니다. 화재가 난 위치로 보아……."

천류영은 입술을 살짝 깨물었다가 말을 이었다.

"만약 현무단주께서 도우러 오지 않았다면 아군이 위험할 수 있습니다."

"그, 그러니까 자네가 간다고 해서……."

이번에도 천류영이 당철현의 말을 삼켰다.

"상황이 어떨지 모르니 최대한 빨리 와 주십시오. 아! 그리고 전장에 당도하기 훨씬 전부터 함성을 질러 주셔야 합니다."

천류영은 백마의 허리를 발로 툭 찼다.

"이랴!"

히이이힝!

백마는 투레질을 하며 다시 앞으로 달려 나갔다.

＊　　　＊　　　＊

전황이 급변했다.

마교도들은 빠른 병력 집결에 편리한 원진(圓陣)을 형성했다.

그사이에 낭왕은 백호단을 둘로 나눠 곤륜과 독고세에 합류시켰다.

이른바 마교도들을 중심에 두고 정파가 세 곳에서 포위한 형상이었다.

하지만 말이 포위지 인원은 대등했다. 그리고 전력으로는 여전히 정파가 다소 열세라고 할 수 있었다.

모두가 그것을 인식하고 있기에 방야철이 일부러 원풍 부단주에게 외쳐 물었다.

"당문은?"

독고세가와 합류한 원풍이 크게 답했다.

"곧 합류할 겁니다!"

한마디의 질문과 대답에 사람들의 안색이 변했다.

독고세가와 곤륜은 더욱 힘을 냈다. 반면 흑도인들은 가장 우려하는 상황에 얼굴이 굳었다.

독고무영이 변하는 흑도인들의 안색을 살피다 낭왕에게 외쳤다.

"왜 무형지독을 가지고 오지 않았습니까?"

방야철은 독고가주가 던진 질문의 의도를 간파하고는 속으로 웃으며 대꾸했다.

"당문인들이 그것을 저희에게 넘겨주겠습니까?"

"그럴 것이면 빨리나 오든지."

"그러게 말입니다."

흑도인들은 낭왕과 독고무영의 대화가 자신들을 초조하게 만들려는 심리전인 것을 모르지 않았다. 하지만 딱히 반박할 수가 없었다.

뇌악천이 긴장하는 수하들을 보다가 더 이상은 안 되겠

다 싶었는지 목청을 높여 말했다.

"흥! 올 당문이라면 벌써 왔을 터! 거짓말하지 마라!"

낭왕이 어깨를 으쓱하며 말을 받았다.

"그렇게 믿고 싶은 거겠지."

"아니, 당문은 분명 흑랑대 때문에 큰 피해를 입었을 것이다."

뇌악천의 말은 흑도인들에게 제법 효과적이었다. 적지 않은 이들은 흑랑대를 깜빡하고 있었다는 듯이 '아!' 하는 탄성까지 내뱉었다.

전장의 창인 초지명이라면 꽤나 격전을 치렀을 것이라 생각되었다. 설사 무형지독이 있더라도 그들은 돌진할 전사들이었다. 일이 각 정도의 시간만 있다면 그 시간 안에 해독약을 뺐으려고 더 치열하게 싸울 자들이 바로 흑랑대였다.

낭왕이 무슨 대꾸를 할까 망설이는 사이에 새로운 인물들이 전장에 등장했다.

모용린, 팽우종, 화가연.

모용린은 달려오면서 그들의 대화를 듣고는 공력을 높여 웃음을 터트렸다.

"호호호, 흑랑대는 꼬리를 말고 도망갔다는 것을 아직

모르나 보군요."

그녀의 말에 뇌악천이 발끈했다.

"갈! 흑랑대가 퇴각이라니!"

그는 초지명을 좋아하지 않았다. 하지만 흑랑대가 전장에서 도망치는 모습은 상상할 수 없었다. 한 번도 그런 적이 없었으니까.

모용린이 대꾸했다.

"제 아무리 용맹한 흑랑대라도 어쩔 수 없었죠. 앞에선 당문의 무형지독이, 뒤에선 백호단이 공격해 오는데 말이죠."

뇌악천은 반박할 수가 없었다.

당문세가에서 무슨 일이 있었는지 알지 못하는 그는 낭왕과 합류하는 모용린을 보며 물었다.

"그렇다면…… 흑랑대는 우리 뒤로……."

그의 말허리를 모용린이 끊었다.

"멍청하군요. 그들의 후위는 백호단이 막았다고 금방 말했잖아요."

"……"

"그들은 포위당하지 않기 위해서, 살길을 찾아 북쪽으로 갔어요."

흑도인들은 모두 입술을 깨물었다. 저 여인의 말이 사실이라면 상황은 암울했다.

모용린이 말을 이었다.

"항복하세요. 당신들의 목숨은 살려 줄 것을 약속합니다. 나, 무림맹 우군사, 빙봉의 명예를 걸고 말이죠."

뇌악천의 입가에 비릿한 미소가 피어나더니 웃음이 새어 나왔다.

"크크큭, 우습군. 마치 지금 너희들이 우리를 힘으로 누를 수 있다는 것처럼 말하는구나. 계집! 네가 뭔가 착각하나 본데 당문은 아직 도착하지 않았다."

"더 이상의 싸움은 무의미하다는 것을 모르나요? 우리의 피해도 적지 않겠지만, 당신들은 다 죽어요."

뇌악천은 주변 수뇌부와 눈을 마주쳤다. 모두가 고개를 끄덕였다.

당문이 올지, 안 올지 확신할 수 없었다.

무림맹 우군사, 빙봉의 말이 속임수인지 알 수 없는 상황에서 꼬리를 말고 도망가거나 항복할 수는 없었다.

자신들은 이미 한 번, 무림서생의 세 치 혀에 싸우지도 못하고 패퇴했으니까.

사실 아까 흑랑대주가 자신들에게 한 말은 비수였다.

죽기를 각오하고 싸웠다면 일방적인 패배가 아닌, 최소한 양패구상이라는 그의 지적은 무사로서의 자존심에 깊은 생채기를 만들었다. 그걸 한 차례 출정에서 두 번이나 반복할 수는 없었다.

혈사제가 낮게 뇌까렸다.

"조금 전에 말한 것처럼, 당문이 정말 등장하면 북쪽으로 각자 알아서 후퇴하면 되오."

사혈강이 고개를 주억거렸다.

"당문이 오지 않는다면…… 이들을 모조리 제거하고 말입니다."

몽혈비는 수하의 봉을 절반으로 잘라 부목으로 삼아 부상당한 허벅지를 단단히 고정시키고는 말했다.

"저 계집의 말을 흘려들어서는 안 되겠지만 무조건 믿을 수는 없지요."

옆구리에 부상을 입은 마불도 동의했다.

"칩시다!"

한편 모용린은 저들이 결국 싸울 것임을 알고 있었다. 그럼에도 불구하고 항복을 권유하면서 대화를 한 이유는 하나였다.

시간.

당문이 도착할 때까지 시간을 버는 것이 중요했다. 또한 곤륜과 독고세가가 힘겨운 싸움을 해서인지 지쳐 있는 것이 역력했다. 그들에게 짧은 시간이라도 휴식을 주어야 한다는 생각 때문이었다.

하지만 이제 더 이상의 지연은 불가능했다.

저들은 당문이 언제 들이닥칠지 모르는 상황이니 전력을 다해 공격을 할 터였다.

어떤 공격을 할까?

모용린은 전장을 다시 한 번 훑었다.

"각개격파를 노리겠군."

그녀의 중얼거림에 낭왕이 물었다.

"무슨 말입니까? 우군사."

"저들은 이곳에서 가장 강한 단주님과 적은 인원인 우리를 먼저 노릴 겁니다."

낭왕이 씩 웃었다.

"좋군요."

낭왕 옆에 나란히 있던 풍운 역시 미소를 지으며 눈을 빛냈다.

모용린은 자신과 함께 있는 이들을 쓱 훑었다.

낭왕, 풍운의 두 절정고수.

조전후, 독고설, 팽우종, 남궁수, 장득무, 화가연, 이십 명의 청성인, 그리고 자신이 전부였다.

모용린은 심장이 거세게 뛰는 것을 느끼며 말했다.

"저들이 우리에게 달려오면 상대하면서 물러나면 됩니다. 이 싸움의 향방은 결국 당문인들이 올 때까지 버티는 것이란 점을 다들 주지하세요. 곧 올 겁니다."

그녀의 말이 끝나기 무섭게 뇌악천이 명을 내렸다.

"쳐라!"

흑도 원진의 앞부분이 불쑥 튀어나오면서 자연스럽게 추행진이 되었다.

모용린의 예측대로 저들은 각개격파를 노렸다.

2

"으어어억!"

화가연은 자신도 모르게 비명을 질렀다.

빙봉이 방금 한 말에 자신은 얼어붙었다.

이백이 넘는 흑도의 고수들이 서른 명도 되지 않는 자신들을 우선적으로 노릴 것이라는 예상은 듣는 것만으로도 섬뜩했다.

그래도 주변의 사람들을 보면서 마음을 다잡았다.

'떨지 마. 나는 무사야. 매검 화가연이라고!'

그러나…… 그녀는 오늘 이전에 대규모 집단전을 경험해 본 적이 없었다.

전쟁에 나선 자는 고수건 하수건 긴장하기 마련.

특히 첫 전투는 말할 것도 없다. 그래서 제아무리 고수라도 첫 전투에서 어처구니없는 실수로 죽는 일이 종종 나온다.

그게 바로 전장이라는 괴물이 주는 압박이었다.

그 최초의 전투 참가에서, 어마어마한 압박감을 견딜 수 있었던 건 무림서생 천류영 덕분이었다.

무공도 모르는데 가장 선두에 서 있던 사람.

그도 분명히 긴장했을 터인데, 그도 사람이니 두려웠을 텐데…… 그럼에도 시종일관 미소를 잃지 않고 여유로웠던 남자.

그런데 지금은 그가 없었다.

기실 서른 명도 안 되는 자신 주변에 천류영이 있다고 하더라도 하등의 도움이 될 구석이 없었다.

가짜이긴 하지만 무형지독이 없는 이곳에 남은 건 오로지 힘과 힘의 대결뿐.

그럼에도 화가연은 함성을 지르며 달려오는 마인들을 보면서 천류영이 떠올랐다. 그가 곁에 있다면 조금이나마 마음이 진정될 터인데.

오늘 이전에 대규모 전투를 경험하지 못한 건 그녀뿐만이 아니었다. 후기지수들 대부분이 그랬다.

장득무는 달려오는 마교도들을 보며 얼떨결에 소리를 질렀다.

"낭왕 대협! 믿습니다!"

화가연에게 천류영이 떠올랐듯 그에게도 뭔가 의지할 상대가 필요했던 것이다.

빙봉은 연신 침을 삼켰다.

적들 앞에서 가슴이 은은히 떨리면서도 당차게 말했었다. 자신은 무림맹의 우군사니까.

그런데 어마어마한 기세로 달려드는 마인들을 보니 숨이 턱턱 막혔다. 그건 충격이었다. 자신도 모르게 손발이 덜덜 떨렸다.

그녀의 어깨를 팽우종이 손을 들어 부드럽게 쓸었다.

"빙봉."

모용린이 고개를 돌려 팽우종을 보았다. 그가 함박 미소 지으며 말했다.

"내 옆에서 떨어지지 마십시오."

"하월……."

모용린은 손과 다리의 떨림이 잦아드는 것을 느꼈다.

남궁수는 이를 악물었다.

천하제일검가인 남궁세가의 삼 공자.

오룡삼봉의 창천룡!

후기지수를 말할 때 항상 선두를 다투는 자신이었다.

늘 오만한 시선으로 세상을 내려다보던 그의 눈이 사시나무처럼 거칠게 떨렸다. 차분하게 대처할 수 있을 거라 자신만만했건만 기대는 무참하게 무너졌다.

'압박이…… 이, 이 정도였나?'

마교의 고수들이 피워 올리는 기세에 자신의 호흡이 뒤엉켰다. 내공을 끌어 올리는데 진기가 툭툭 끊어졌다.

남궁수는 속으로 비명을 질렀다.

'이래선 안 돼! 정신 차려라! 너는 창천룡 남궁수야!'

그때 자신의 앞으로 한 발 내딛는 여인이 있었다.

독고설.

"본때를 보여 주마!"

그녀의 당찬 외침에 남궁수는 아연해졌다. 이 아름다운 여인이 보여 주는 호기로운 모습에 넋이 나갈 것 같았다.

미칠 것 같이 아름답지 않은가?

또한 부끄러움이 해일처럼 몰려들었다.

독고설의 무위가 자신보다 한 수 아래라 여겼다. 또한 그녀는…… 당연한 말이지만 여인이었다.

그런데 지금 그녀의 얼굴에선 두려움을 찾아볼 수 없었다.

독고설 옆으로 조전후가 나서며 웃었다.

"하하, 설이 아가씨! 저번 흑랑대와 싸웠을 때처럼 합격으로 맞서는 겁니다."

"좋죠."

"무리하지 마시고 제 보조만 잘 맞춰 주십시오."

"제가 할 말인데요."

"크하하하."

둘의 여유로운 모습은 남궁수로 하여금 결국 쓴웃음을 짓게 만들었다. 그는 불규칙한 호흡을 다시 정리했다. 흔들리던 그의 눈동자가 제자리를 찾았다.

"그래. 실전은 연습처럼."

그의 검이 상단으로 올라섰다. 단전이 빙빙 돌며 공력을 뽑아냈다.

청우 율사와 열아홉의 청성인들은 눈에 핏발이 어렸다.

허망하게 돌아가셨을 스승님과 사형제들이 가슴에 박혔다. 임종을 지키지 못해 한이 되었다.

청우 율사가 외쳤다.

"청성의 검을 보여 주리라."

청성 도사들의 검을 쥔 손에 힘이 들어갔다.

그렇게 각자 숨을 들이마신 채 마인들을 맞았다.

그 최선두에서 낭왕과 풍운이 서로 마주 보았다.

방야철이 말했다.

"다시 한 번……."

풍운이 싱긋 웃었다.

"놀아 보죠."

방야철의 입가에도 미소가 번졌다. 새파란 애송이가 아주 마음에 들었다. 그리고 이젠 실력을 믿을 수 있으니 든든하기까지 했다.

모용린이 외쳤다.

"일각만 버티면 될 겁니다!"

그녀의 말이 끝나는 순간, 최선두에 있던 방야철과 풍운의 앞으로 도검이 떨어졌다.

쇄애애애액.

거친 파공성에 허공이 진저리를 쳤다.

마인들 중 가장 앞으로 치고 나온 자들의 칼.

그러나 그들의 칼에는 뒤따라오는, 이백이 넘는 자들의 기세가 담겼다.

태산 같은 위압감.

그 강류가 스물아홉 명 정파인들을 덮쳤다.

휘이이이잉.

칼날 같은 바람이 모두의 머리카락과 옷자락을 뒤흔들었다.

"와아아아아아!"

마인들이 내지르는 함성에 귀가 먹먹할 지경이었다.

그 가운데 방야철과 풍운이 휘두르는 칼소리가 비집고 새어 나왔다.

쩡! 쨍!

방야철의 박도가 상대 마인의 칼을 후려쳤다. 그 박력에 마인의 신형이 휘청거리는 찰나 방야철이 발을 뻗었다.

퍼억!

"커흑!"

마인의 신형이 뒤로 붕 뜨더니 뒤따르는 동료들에게 날아갔다.

풍운의 검은 사황궁도의 칼과 충돌했다. 시퍼런 불똥이 튀는 가운데 풍운의 검이 상대의 검신을 섬전처럼 미끄러져 내렸고, 어느 순간 배를 가르고 있었다.

"헉!"

그는 비명보다 기겁성을 토했다.

풋내기의 검이 빠르다는 건 이미 보았다. 그러나 직접 경험하는 것은 차원이 다른 문제였다.

쇄애애액.

풍운의 검이 마른하늘에 떨어지는 벼락처럼 쉬지 않고 번쩍였다. 그때마다 '쩅쩅' 거리는 쇳소리와 함께 비명, 그리고 피보라가 일었다.

"끄아아악."

"너, 너무 빨라……."

독고설의 검은 날카로웠다. 그녀의 검은 정면승부를 꺼리지 않으면서도 가능한 자신이 유리한 곳에서 충돌을 일으켰다.

상대가 내려찍을 땐 흘리거나 튕겨 내고, 찔러 올 때는 회피했다. 대신 베어 올 때는 한 발 먼저, 혹은 한 발 물러나 부딪쳤다.

이화접목의 수.

내공과 힘이 달리는 그녀로서는 최선의 선택이었다. 저번에 흑랑대와 힘으로 부딪치다가 곤욕을 치른 그녀의 진화였다. 그러면서 상대의 허점을 찾아 부지런히 칼을 찔러 넣었다.

큰 소득은 없었지만 막강한 고수들을 상대로 전혀 밀리지 않았다. 물론 곁에 있는 조전후의 힘이 컸다.

조전후는…… 마치 마구잡이로 오 척의 대검을 휘두르는 것 같았다. 그러면서 중얼거렸다.

"일각, 일각."

그건 자기 최면이었다.

일각만 버티면 된다는, 그리고 일각 동안 모든 내력을 소진해도 상관없다는.

물론 실제 마구 검을 휘두르는 건 아니다. 그랬다가는 고수인 적들에게 단칼에 당할 테니까.

그는 쉼 없이 칼을 세차게 휘두르면서 상대가 함부로 다가서는 것을 막는 데 주력했다.

그리고 그건 같이 연공을 하고 있는 독고설에게 매우 유용했다. 상대가 당황하는 틈을 놓치지 않고 검을 찔러 넣으니까 말이다.

남궁수는 밀리는 듯하면서도 차분하게 상대의 검을 차

단했다. 마치 검을 처음 배우는 것처럼 눈앞에 떨어지는 칼만 노렸다.

욕심내지 않고 그렇게 남궁수는 싸움에 조금씩 적응해 갔다.

팽우종과 모용린은 힘겹지만 나름 잘 버티는 와중에 화가연이 어느새 합류해 셋이 조를 이뤘다.

한편 장득무는 가장 격렬한 싸움이 이는 청성인들과 합류해 연방 소리쳤다.

"청성의 검을 믿습니다! 흐어어억! 도사님. 이쪽 좀!"

한마디로 이들의 싸움은 각자가 고군분투였다.

이백이 넘는 마교, 소뇌음사, 사황궁의 고수들은 끊임없이 그들을 삼키려고 했다.

그러나 최선두에서 방야철과 풍운이 저지했다. 그 이선에 있는 이들은 포위되는 것을 막기 위해 혼신을 다했다.

자신의 피인지 상대의 피인지 모두가 그렇게 피칠갑을 했다.

모용린이 위험하다 싶을 때마다 소리를 질렀다.

"열 보, 퇴(退)!"

적은 인원으로 막기 벅찬 순간, 열 걸음씩 물러나며 숨을 돌렸다.

다만 방야철과 풍운은 예외였다. 동료들이 숨 돌릴 짧은 시간을 주기 위해서 약간 나중에 물러섰고 그때마다 고립될 수도 있는 아슬아슬한 광경을 연출했다.

그러면서도 그들은 그렇게 위기를 넘기면서 버텼다.

한편 백호단, 독고세가, 곤륜은 적 후위의 양쪽을 거세게 몰아붙였다.

원풍이 목이 터져라 외쳤다.

"뚫어라! 뚫어야 한다!"

흑도의 진형을 깨트려야 했다. 완전히 부술 수는 없어도 무시할 수 없는 생채기를 만들어야 했다. 그래야 겨우 삼십도 안 되는 인원으로 버티는 동료들에게 도움이 된다.

당문인들이 늦지 않게 올 것이라 믿고 펼친 우군사와 낭왕의 담대한 책략. 사실 자신이 생각해도 곤륜과 독고세가를 보호하면서 승리할 수 있는 최선이긴 했다.

하지만 실패한다면…… 저 앞의 스물아홉 명은 목숨을 잃고 말 터. 그러기에 초조감이 극에 달했다.

"뭐하는가? 적을 짓밟아 버려라!"

쩡쩡쩡!

쇳소리가 허공을 두들겼다.

어둠에 잠겼던 사위는 어느새 눈에 띄게 밝아지고 있었다.

독고무영도 목이 쉬어라 외쳤다.

"힘을 내라! 조금만 더 힘을!"

독고무영은 단전에 얼마 남지 않은 공력을 끌어 올리면서 거칠게 풍천도를 휘둘렀다.

저 위험한 곳에 자신의 딸인 독고설이 있었다. 이렇게 허망하게 설이를 보낼 수는 없었다.

그렇게 백호단과 독고세가, 곤륜이 거세게 흑도인들의 좌우 후위를 두들겼다.

그러나 그들은 깨어지지 않는 철옹성이었다.

고수들만 남았을 뿐더러 후위는 수비에 치중했다. 그러니 노련한 백호단도 좀처럼 틈을 파고들 수가 없었다.

조금 전까지는 독고세가와 곤륜이 수비를 하며 애를 먹였지만 이젠 상황이 뒤바뀐 것이다.

뒤에서 지켜보던 한추광이 입술을 깨물었다.

'이런 식으로는 적 후위를 깰 수가 없어!'

문제는 뾰족한 수가 없다는 점이었다. 당장 자신이 달려 나가 뭔가 돌파구를 마련하고 싶은 심정이 굴뚝같았다.

그러나 부상이 없는 최상의 몸 상태라도 하기 어려운

일이었다.

그가 신음을 흘리며 낮게 중얼거렸다.

"당문이 빨리 오지 않으면…… 당한다."

뇌악천이 스산한 미소를 지으며 말했다.

"이제 끝내야지요."

그의 말에 주변에 있던 혈사제, 사혈강 등의 수뇌부가 살기등등한 눈빛을 지었다.

혈사제가 발을 앞으로 내디디며 말했다.

"갑시다."

낭왕과 풍운의 실력이 예사롭지 않음을 간파한 그들은, 그 둘이 조금이라도 지친 후 나서기로 작정한 것이다. 그리고 지금이 그때였다.

약 일각의 시간 동안, 저 둘에게 최정예 수하가 무려 서른 명이나 당했다.

그 서른 명은 아까 자신들과 끝까지 함께했던 직속 수하 고수들이었다.

기실 그들에게 낭왕과 풍운만 상대하라고 지시를 내릴 때만 해도 설마하니 그 모두가, 그것도 일각 정도의 시간에 당할 것이라고는 상상도 하지 못했다.

그래서 앞으로 나서는 수뇌부는 이를 갈았다.

당문에서의 싸움은 대패다. 그건 돌이킬 수 없는 사실이다. 그러나 이곳에서의 싸움만큼은 대승을 하고 싶었다.

그런데 이제 이긴다 한들 과연 대승이라고 할 수 있을까? 상처만 남은 승리가 될 터였다.

그렇기에 더 악에 받쳤다.

"다 씹어 먹어 주마."

마불이 흉흉한 눈빛으로 외치듯 말했다.

풍운은 점차 숨이 가빠 오는 것을 느꼈다.

자신을 공격하는 이들의 수준이 꽤나 높았기에 계속해서 상승무공을 펼쳐야 했다. 그리고 전에 태상장로라는 자와 싸우면서 내공을 적지 않게 썼다.

어디 그뿐이랴?

늦지 않게 도착하기 위해 경공을 극성까지 끌어 올려 한참을 달렸다. 또한 그전에는 천류영의 단전을 살리기 위해서 이각 동안, 아주 세심히 진기운용을 하느라 녹초가 되었었다.

'너무 과신했어.'

풍운은 자신을 공격하던 적들이 멈추고, 수뇌부들이 나

시는 것을 보면서 입술을 깨물었다.

방야철 역시 이를 악물고 아까 전 싸웠던 사혈강이 다가오는 모습을 노려보았다.

호흡은 이미 제멋대로였다. 아까 사혈강에게 당한 불의의 일격으로 생긴 가슴의 상처가 어느새 꽤 벌어졌다.

그 둘뿐만 아니라 함께 싸운 스물일곱도 피투성이였다. 아니, 청성의 도사 여섯이 사라졌으니 이젠 스물세 명이었다.

화가연은 배를 움켜쥐고 있었고, 남궁수는 양쪽 어깨가 쩍 벌어져 핏물을 흘렸다. 조전후와 팽우종은 똑같이 왼쪽 옆구리를 베였다.

"하아아. 하아아……."

모두 거친 숨소리를 냈다. 들숨과 날숨이 규칙적인 사람은 이제 아무도 없었다.

아직까지 전혀 부상을 당하지 않은 이는 독고설과 모용린, 그리고 장득무뿐이었다.

독고설과 모용린은 조전후와 팽우종의 도움이 컸다. 그리고 장득무는…… 운이 좋았다.

어쨌든 모두가 치열하게 싸웠다. 하지만 겨우 일각의 시간에 그들은 한계를 느끼고 있었다.

그야말로 촌각의 낭비도 없는 고수들의 공격은 그렇게 무시무시했다.

모용린은 한숨을 삼키며 고개를 저었다.

변수가 생겼다. 당문인들이 생각보다 늦는다는.

이 변수를 어떻게 감당할 수가 없었다. 물론 남은 방법이 전무한 건 아니었다.

한 가지 대책.

즉, 당문인들이 올 방향으로 도망가는 것이다.

그러나 그건 대다수가 결국 죽게 될 터였다.

내공의 소진이 큰 자신들은 적 고수들의 경공에 곧 따라잡힐 것이고 뒤에 처지는 순서대로 죽음을 맞게 될 것이다.

그럴 바에야 지금처럼 장렬하게 싸우는 것이 나았다. 모두가 죽기 전에 당문인들이 도착하기를 바라며.

어쩌다 보니 가장 후위에 있던 장득무는 고개를 저으며 중얼거렸다.

"제길…… 일각은 한참 넘은 것 같은데, 당문은 언제나 오는 거야?"

그러면서 무심코 고개를 돌렸다.

자신이 왔던 길.

그 동쪽으로 붉은 태양이 머리를 내밀었다. 싸우느라 정신없어서 몰랐는데 어느새 동녘 하늘은 장엄한 붉은 빛으로 물들어 있었다.

"어?"

장득무는 자신도 모르게 헛바람을 토해 냈다.

떠오르는 태양 앞으로 한 마리 말이 달려오고 있었다.

붉은색의 말이…… 아니, 태양으로 인해 붉게 보이는 말이…… 그리고 그 위에 한 인영이 장포를 흩날리며 있었다.

"사, 사령관? 하하하. 나 미쳤나 봐."

그의 혼잣말 같은 외침에 몇 명이 고개를 흘낏 뒤로 돌렸다. 그리고 그들의 눈동자가 흔들렸다. 눈동자가 앞의 흑도인들과 뒤에서 오는 인마를 번갈아 보며 숨을 죽였다.

설마라는 불신의 기색이 역력히 드러났다.

그런데 그 와중에 천류영을 알아본 사람이 있었다.

얼굴이 보이지도 않았는데, 그냥 알 수 있었다.

저 사람, 천류영이라는 것을.

독고설이 입을 쩍 벌렸다.

"이, 이건 꿈일 거야."

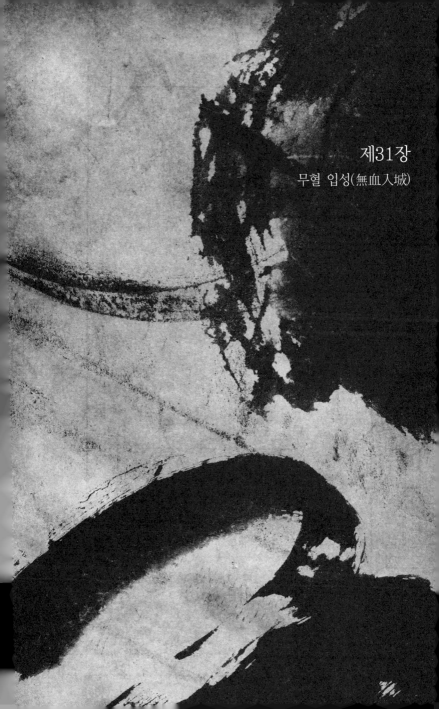

제31장
무혈 입성(無血入城)

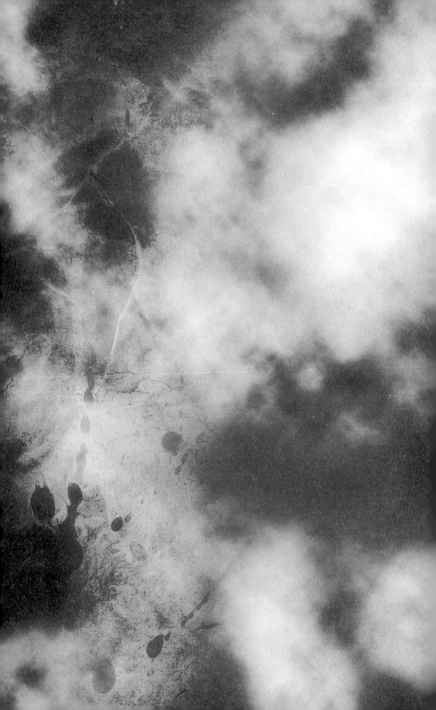

1

붉은 태양을 등에 업고 천류영이 질주해 왔다.

절세고수도 아닌 그가 오는데 사람들은 모두가 이루 말할 수 없는 여러 감정을 느꼈다.

조전후는 자신도 모르게 번쩍 양손을 치켜들며 외쳤다.

"천 공자아아아!"

그의 외침이 허공으로 길게 울리며 퍼졌다. 그 효과는 의외로 컸다.

아직 후위에서 격렬한 전투를 벌이고 있던 흑도인들과

백호단, 독고세가, 곤륜인들은 깜짝 놀라며 서로 간의 거리를 벌릴 정도였다.

흑도인들은 무림서생 천류영.

즉, 천 공자라 불리는 인물에게 자신도 모르는 사이에 공포와 원한이 각인된 상태였다.

반드시 죽여야만 할 인물. 그리고…… 전장에서 결코 부딪치지 않았으면 하는 두려운 남자.

그런데 그가 등장한다는 사실에 자신도 모르게 숨을 들이켰다. 일부는 몸까지 떨었다.

천류영이 실신했음을 알고 있던 백호단원들은 당황했다. 지독한 부상과 열병을 앓다가 쓰러진 그가 이곳까지 왔다는 사실은 묘한 감동과 걱정을 안겼다.

반면 천류영의 마차 사고나 기절했던 것을 아직 모르는 독고세가와 곤륜인들은 열광했다.

"와아아아아!"

"천 공자가 온다!"

"무림서생이 우리를 돕기 위해 오고 있다!"

독고세가와 곤륜에게 천류영은 승리를 부르는 부적과 같은 주술이었다.

공포, 원한, 감동, 걱정, 열광!

이런 감정들이 싸우고 있던 이들의 가슴속에서 일어나 뒤엉켰다.

뇌악천과 수뇌부도 당혹스러운 표정으로 정말 천류영이 맞는지 앞을 주시했다. 혈사제는 자신도 모르게 신음을 흘렸다.

"으음……. 대체 저자가 왜 홀로?"

무림서생이 호위 한 명 없이 등장했다.

대패를 안겨 준 자를 향한 깊은 원한과 당최 무슨 의도인지 알 수 없는 곤혹스러움이 머릿속을 채웠다.

천류영은 말을 힘껏 몰면서 전장을 주시했다. 그의 입에서 절로 신음이 흘러나왔다.

아군이 적을 포위한 모습.

그런데 그 광경이 매우 위태롭게 느껴졌다. 적이 각개 격파를 시도하고 있는 것이 분명했다.

"아! 현무단주께서는…… 오시지 않았구나."

안타까웠다.

분명 능운비 단주도 불길로 인해 붉어진 하늘을 보았을 것이다. 그런데도 불구하고 그는 움직이지 않았다.

함정을 파 둔 요지를 버리는 것이 아까웠을 것이다. 천류영은 능운비가 평소와는 달리 전장에서는 신중함이 과하다는 사실을 알게 되었다.

또한 능운비는 예상치 못하게 이곳에서 싸움이 일더라도 무형지독을 가진 당문으로 인해 결국 자신 쪽으로 도망쳐 올 것이라고 생각했음이 분명했다. 그리고 그건 확실히 나쁜 선택은 아니었다.

천류영은 입술을 깨물면서 빠르게 다가오는 전장을 살피는 데 주력했다.

솔직히 두려웠다. 지금 자신 한 명이 합류한다고 해서 바뀔 수 있는 것이 있을까?

지금의 싸움은 순수한 무력과 무력의 충돌이었다.

그 대결에 자신이 낀다 한들 한 줌의 도움도 되지 못할 터였다. 아니, 어쩌면 자신으로 인해 아군에 어려움을 안겨 줄 수도 있었다.

힘없는 자신을 지키기 위해 정파인들이 무리하게 움직인다면 피해가 커질 것이 자명했다.

그래도…… 그럼에도 불구하고 천류영은 앞으로 백마를 몰았다.

보잘것없던 자신을 귀히 여겨 준 사람들이다. 그들이 곤란에 빠졌는데 물러설 수는 없었다.

"생각해야 한다. 집중해야 해!"

천류영은 입술을 잘근잘근 깨물었다. 전장에 꽂힌 그의 눈이 강렬하게 빛났다.

무릇 전투란 무엇인가?

그 싸움의 승패는 무엇으로 결정되어지는가?

수많은 요소들이 있지만 가장 중요한 것은 사기(士氣)다. 사기는 결국 사람의 마음을 움직이는 것.

그의 두뇌가 맹렬하게 움직였다.

지금 저 전장에 있는 사람들은 각자 무슨 생각을 하고 있을까? 그리고 자신에게 바라는 것은 무엇일까? 또한 무엇을 두려워할까?

천류영의 입가에 흐릿한 미소가 맺혔다.

"진인사대천명(盡人事待天命)! 나는 그저 내가 해 왔던 것처럼 최선을 다하면 된다."

사람의 마음을 움직인다!

그것이 자신이 해야 할 일이었다.

천류영이 빠르게 다가오는 모습에 모용린은 탄식했다. 아무리 보아도 천류영 뒤로 당문인들이 보이지 않았기 때문이었다.

그렇다면 지금의 천류영은 아무런 도움이 되지 못한다. 약한 그를 지키기 위해서 자신들은 더 많은 피를 쏟아야 할 터였다.

모용린은 불안한 눈으로 흑도인들을 보았다. 그 순간 그녀의 눈동자가 흔들렸다.

그들의 표정이 자신과 같았다.

즉, 그들도 불안함을 느끼고 있었다. 무림서생에게 호되게 당한 경험이 그들의 마음을 흔들고 있다는 뜻!

모용린의 시선이 다시 천류영에게 향했다. 낮은 중얼거림이 그녀의 잇새로 새어 나왔다.

"천 공자……. 당당해야 합니다."

작은 희망의 실마리가 보였다.

천류영의 등장이 전황에 어떤 영향을 끼칠지는 전적으로 그에게 달렸다. 물론 구체적으로 어떻게 해야 할지에 대해서는 아무것도 떠오르지 않았다.

하지만 확실한 것은 천류영이 예상 밖 전황에 당황한다면 최악의 사태가 벌어질 것이란 점이었다.

그리고 그녀의 바람이 이뤄졌다.

천류영이 호쾌한 웃음을 터트렸다.

"하하하하하!"

그의 낭랑한 소성이 허공에 울렸다.

히이이힝!

백마가 앞발을 치켜들며 멈췄다.

천류영과 독고설 일행과의 거리는 이제 불과 십여 장.

뇌악천이 계속 불안한 눈으로 천류영을 주시하고 있다가 끝까지 당문인들이 보이지 않자 안도하며 외쳤다.

"기회다! 무림서생까지 끝장내자!"

그가 칼을 번쩍 들며 외치는 소리가 끝나기 무섭게 천류영이 맞고함으로 받았다.

"자! 멈췄던 싸움을 재개합시다."

전혀 두려움 없는 그의 목소리에 사람들은 의아해하면서도 기대를 혹은 불안을 가슴에 품었다.

천류영은 독고설에게서 받았던 황금빛 군선을 들어 외쳤다.

"백호단, 곤륜, 독고세가는 즉시 뒤로 물러나라!"

그가 던진 첫 번째 명에 아군뿐만 아니라 적들도 일시 혼란에 빠졌다.

대체 무림서생은 지금 무슨 말을 하고 있는 건가?

천류영의 재촉이 곧바로 이어졌다.

"당장 물러나라!"

그의 거침없는 외침에 원풍은 아무 대꾸도 하지 못했다. 저 앞에 낭왕께서 위기에 처했는데 물러나라니! 그럴 수는 없었다.

그런데 한추광이 외쳤다.

"물러난다!"

독고무영도 합류했다.

"독고세가는 전열을 갖추고 물러나라!"

독고무영은 곁의 원풍에게 곧바로 채근했다.

"백호단에게도 어서 명을 내리시오!"

"하, 하지만……."

원풍은 당황했다. 그러나 독고무영은 비장한 표정으로 다시 말했다.

"사령관의 명이오."

"……!"

"어서!"

원풍은 입술을 질끈 깨물었다가 고개를 끄덕였다.

전장에서 하극상은 죽음이다. 그러나 원풍이 두려운 건 그것이 아니었다.

자신의 항명으로 인해 혼란이 초래될까 저어된 것이다. 그리고 낭왕께서 자신에게 천류영을 극찬했던 말들이 머릿속에 떠올랐다.

"백호단은 물러난다!"

원풍은 한 발, 한 발 뒤로 가면서 주먹을 꾹 움켜쥐었다.

만약 무림서생의 이번 지시가 얼토당토않은 것으로 판명 난다면 결코 그냥 넘어가지 않을 것이라 다짐하면서. 그리고 상황이 여기서 더 최악으로 치달으면 낭왕을 구하기 위해 목숨을 걸겠다고 맹세를 하면서 말이다.

정파인들은 물러서면서도 곤혹스러운 표정을 지었다. 그러나 흑도인들이야말로 황당했다.

이건 마치…… 낭왕을 비롯한 소수의 정파인들을 포기한다는 선언으로밖에 보이지 않았기에.

뇌악천을 비롯한 수뇌부는 서로의 얼굴을 마주했다.

대체 무슨 꿍꿍인가라는 표정이 역력했다.

마불이 '끄응.' 하는 신음을 뱉었다가 말했다.

"판을 벌려 주는데 뭐가 걱정되어 머뭇거리는 겁니까? 어서 저들을 쓸어버립시다."

그러나 다른 수뇌부는 입술만 깨물고 대꾸하지 못했다. 이건 마치 상대가 원하는 대로 움직이는 듯했기 때문이었다.

상대 책사의 노림수대로 움직이면 필패라는 것은 병법에서도 기본 중의 기본. 불과 얼마 전에 그렇게 당하지 않았던가! 무림서생이 원하는 대로 말이다.

천류영이 다시 외쳤다.

"독고세가와 백호단은 남쪽, 곤륜과 백호단은 북쪽으로 가라! 그곳을 단단히 사수하라!"

그의 명에 물러나던 정파인들이 구릉지대의 남과 북으로 향했다.

그들의 움직임을 보면서 흑도인들은 불길한 느낌을 떨치지 못했다.

원래 사람의 심리라는 것이 그렇다. 자신은 가만히 있는데 상대가 분주하게 움직이면 뭔가 뒤처지는 느낌을 갖게 된다.

그리고 그것이 전장에서 이루어진다면?

어떤 중요한 작전이 진행 중이라는 의미였다.

흑도인들은 천류영이 등장하면서 일사천리로 내리는 명에 혼돈을 느끼면서 수뇌부를 보았다. 어서 무슨 명이라도 내려 주기를 기대했다.

그러나 혼란스러운 것은 수뇌부도 마찬가지였다.

자신들의 후위를 들이치던 정파인들이 모조리 빠져나

가더니 남과 북으로 이동하는 모습.

혈사제의 눈에 파문이 일었다.

"우리를…… 포위하려는 건가?"

몽혈비가 대꾸했다.

"그게 무슨 말입니까? 남과 북을 막아도 동과 서의 길은 뚫려 있습니다."

뇌악천이 신음을 흘리며 말을 받았다.

"그게…… 검향장의 일백 명이 아직 나타나지 않았습니다. 분명 우리가 가려는 서쪽을 막고 있겠지요. 그리고 동쪽은…….'

그는 말꼬리를 흐렸다. 그러나 그 답은 모두가 알고 있었다. 동쪽에서는 당문이 오고 있다는 것을. 그렇기에 천류영이 저런 지시를 내리고 있는 것이었다.

몽혈비의 안색이 핼쑥해졌다.

"그, 그럼 우리는…… 어떻게 하면 되는 겁니까?"

뇌악천이 천류영을 노려보며 대꾸했다.

"아직 당문은 나타나지 않았습니다."

그러나 흑도인들은 동요했다. 왜냐하면 지금껏 자신들은 당문이 나타나더라도 북쪽으로 도망간다는, 최후의 생로가 존재했기 때문이었다.

그러나 사방이 막힌다면?

탈출구가 없다.

물론 뚫고 가면 된다. 문제는 시간이었다.

정파인들은 공격이 아니라 다시 수비로 임할 것이다. 당문이 나타나 무형지독을 뿌릴 때까지 악착같이 버틸 것이다. 그 와중에 자신들은 태반이 죽게 될 것이 자명했다.

당문세가에서 어떻게 살아 나왔는데……. 동료와 수하를 짓밟고 빠져나왔건만…….

당문세가에서 느꼈던 불안감이 다시 슬그머니 흉중에 파고들었다.

마불이 앞에 있는 소수의 정파인들과 천류영 쪽을 손가락으로 가리키며 말했다.

"이해가 되지 않소. 그럼 저들은 죽겠다는……."

그의 말이 끝까지 이어지기 전에 천류영이 고함을 질렀다.

"낭왕 대협! 풍운!"

스물셋 정파인의 시선이 천류영에게 꽂혔다. 마불도 말을 멈추고 천류영을 보았다. 흑도인들 모두의 눈이 일제히 쏠렸다.

천류영이 싱긋 웃으며 말을 이었다.

"독고 소저, 조 대협, 남궁 공자. 그리고 여러분. 나는 여기서 한 발자국도 물러서지 않을 겁니다."

"……."

"함께 죽읍시다!"

"……!"

"우리 스물 몇 명과 저들 모두의 목숨. 손해나는 장사는 아니잖습니까?"

독고설 일행과 흑도인들 모두가 말문을 잃었다. 하지만 곧 표정이 극명하게 갈렸다.

모두가 천류영의 의도를 알았다.

흑도인들은 방금 수뇌부가 나눈 대화로 무림서생이 모종의 작전을 구사하고 있음을 깨달았다.

지금 남과 북으로 달리는 정파인들은 포위망을 완성하려는 것이다. 그리고 무림서생과 스물세 명의 정파인들은 그 시간을 버는 미끼였다.

빙봉은 아연한 얼굴로 천류영을 보았다. 감탄이 절로 일었다. 스스로의 목숨을 건 대담한 심리전이었다.

조전후가 광소를 터트렸다.

"크하하하. 좋아, 좋아! 천 공자의 말대로라면 남는 장

사지. 하지만 난 죽지 않을 거다. 끝까지 버텨서 흑도 놈들이 네 앞까지 가는 것을 막아 주마. 그리고 너와 함께 승전가를 부르겠다."

남궁수가 피식 웃으며 고개를 절레절레 저었다.

"너라는 놈. 후후후."

이건 당최 감당할 수가 없었다.

이곳에서 가장 약한 녀석이건만 저런 배포라니. 이런 강심장은 노력한다고 되는 것이 아니다. 타고났다고 볼 수밖에 없었다.

"과연 내 친구답다. 그래, 그 정도는 돼야지."

방야철과 풍운 역시 미소를 머금었다. 방야철이 먼저 말했다.

"마지막으로 한 번 더……."

풍운이 답했다.

"놀아 보죠."

청우 율사도 결연한 미소를 지었다.

"좋군. 저들 모두의 목숨과 바꾼다면야! 저승에서 스승님과 사형제를 볼 면목이 있지."

청성인들의 심정도 청우 율사와 다르지 않았다.

화가연은 이상하게 떨리지가 않았다. 아까보다 상황은

더 암울하고 비극적이었다. 그런데도 불구하고 편안했다.

저 사람.

무림서생 천류영이 있었다.

한 발자국도 물러나지 않고 자신들과 함께하겠다고 말하는 그가 세상 그 누구보다 든든하게 보였다.

돌이켜 보니 자신은 여인이란 핑계로 무사이면서도 사형이나 다른 무인들에게 보호를 받고 싶어 했다.

그런데 이젠 아니었다. 태어나 처음으로 그 누군가를 지켜 주고 싶었다.

매검 화가연, 그녀는 진정한 무사로 태어나고 있었다.

장득무는 주먹을 움켜쥐고 비장하게 외쳤다.

"천 공자! 당신은 안전할 겁니다. 나 비검 장득무! 최후의 최후까지 내가 당신을 지킬 것이오!"

최후를 언급하면서 그는 당당하게 가장 후위를 사수했다.

독고설은 아무 말도 하지 않았다.

그녀는 호탕하게 웃는 조전후 옆에서 적을 노려보며 다짐했다.

'그를, 그만은 지킬 거야.'

이들이 그렇게 각자 말하며 투지를 불태울 때, 흑도는

혼란에 빠졌다.

뇌악천이 말했다.

"본교가 북쪽의 포위망을 저지시키겠소. 사 궁주님과 마불 부주지께서 저들을 쓸어버리고 합류해 주십시오."

사혈강과 마불의 눈꼬리가 격하게 경련했다.

이 말은 최악의 상황이 도래할 시, 마교도들부터 빠져나가겠다는 말이 아닌가!

사혈강이 냉큼 대꾸했다.

"아니, 본궁이 북쪽을 맡겠소."

마불도 합류했다.

"사황궁과 우리가 북쪽을 맡으리다."

혈사제가 고개를 저었다.

"당신들만으로는 어려울 것이오. 본교가……."

마불이 벌컥 화를 냈다.

"우리를 믿지 못한다는 겁니까?"

실은…… 서로를 믿지 못한다. 왜냐하면 이들은 당문에서 서로를 짓밟고 나온 전력이 있기 때문이다.

천류영은 바로 그들이 분열할 수밖에 없도록 틈을 노린 것이고.

혈사제가 난감한 얼굴로 대꾸했다.

"그런 말이 아니외다. 지금 냉정을……."

사혈강이 혈사제의 말허리를 끊었다.

"태상장로께서야말로 냉정을 찾으십시오. 북쪽은 우리가 맡겠소."

뇌악천이 이마에 손을 짚고 외치듯 말했다.

"언제 당문이 도착할지 모릅니다. 그리고 포위망이 완성되기 전에 결정을 해야 합니다. 지금 바로 결정을 해야 합니다."

그것을 누가 모르겠는가?

하지만 이건 고양이 목에 방울 달기와 같다. 시간이 촉박하다는 것을 알기에 판단은 더 어렵다.

하지만 모두가 뇌악천의 말에 동의했다.

빨리 결정해야 한다.

수뇌부는 각자 부대의 절반씩을 따로 떼는 것이 좋겠다는 생각을 했다. 하지만 이것도 문제는 남았다.

각각 부대의 인원이 계속되는 교전으로 엉망인 탓이었다. 그것을 차분히 나누기에는 시간이 아쉬웠다.

그때 천류영이 느닷없이 입을 열었다.

"낭왕 대협, 풍운! 그리고 여러분!"

이른바 미끼로 남은 이들이 귀를 쫑긋 세웠다. 그리고

흑도인들도 예외는 아니었다.

사실 천류영이 다시 말하기까지 흐른 시간은 반의 반 각도 되지 않았다.

독고설 일행이나 흑도 수뇌부가 동시 다발적으로, 그리고 빨리 의견을 교환했기 때문이었다.

"마지막 싸움입니다. 힘을 내주십시오. 부탁드리겠습니다."

"……."

천류영의 명이 떨어졌다.

"공격합니다."

따각따각.

천류영이 백마를 앞으로 몰았다.

2

천류영을 보고 있던 모든 흑도인들의 눈동자가 거친 파문을 일으켰다.

남과 북으로 달려가는 정파인들을 보며 일어나는 초조함. 결단이 필요한 순간.

그에 맞춰 천류영은 공격령을 내리고 직접 앞으로 백마

를 몰았다.

한 치의 두려움도 보이지 않는 그의 위풍당당함.

붉은 태양이 천류영의 뒤에서 떠오르며 말없이 전장을
내려다보았다.

질식할 것만 같은 침묵이 찰나지만 사위를 휘돌았다.

미끼로 남은 스물셋 정파인은 이를 악물었다.

천류영의 행보가 그들에게 미친 영향은 하나였다.

자신들은 하나다!

죽든지 살든지.

무공을 익히지 못한 천류영조차 말하지 않았던가?

함께 죽자고.

사령관이 두려움 없이 앞으로 나섰다. 그런데 무사인
자신들이 겁을 먹어서야 어찌 얼굴을 들 수 있겠는가?

모용린은 앞으로 나서는 천류영을 보고는 숨이 턱하니
막혔다.

그가 당당하기를 바랐다. 그리고 다행스럽게 기대를 저
버리지 않았다. 그러나 지금의 그는 자신의 바람을 훌쩍
넘어섰다.

평범한 그의 모습은 결코 평범하지 않았다.

마치 태산처럼 굳건했다.

함께 전장에서, 지척에서 지켜본 그의 모습은 기가 질릴 정도였다.

그녀는 자신도 모르게 고개를 절레절레 저었다. 쓴웃음이 절로 입가에 그려졌다.

자신은 책사다.

그런데 마치 무인처럼 칼을 쥔 손과 어깨에 힘이 불끈 들어갔다.

무림서생 천류영.

그는 아군에게 말로는 결코 설명할 수 없는 용기와 담대함을 전염시키고 있었다.

반면 천류영의 모습은 흑도인들의 당혹감을 더욱 키웠다. 혼란의 가중은 필연적으로 의견의 분열을 가져오는 법이다.

"저 건방진 놈을 당장 죽입시다."

"말려들어서는 안 됩니다. 일단 북쪽의 퇴로를 확보한 후에 상황을 보아 가며 일을 처리해도……."

"우리가 북쪽을 맡는다고 하지 않았소이까?"

"우리가 사지에서 어떻게 빠져나왔습니까?"

수뇌부는 각자가 자신의 주장을 동시에 내뱉었다. 그와 동시에 천류영의 고함도 터졌다.

"풍운! 잠시만 잡아 두면 된다. 곧 포위가 완성된단 말이야! 남은 힘을 다 쏟아!"

풍운이 씩씩하게 대꾸했다.

"옛!"

대답과 함께 그의 칼이 움직였다. 상단에서 하단으로 빠르게 내려오는 검.

시퍼런 검기가 허공을 갈랐다.

콰콰콰콰콰아아아!

풍운의 앞으로 땅거죽이 갈라졌다. 고랑이 패이며 쭉쭉 내달렸다.

검기에 의해 갈라지는 고랑의 목표.

그 자리에 위치한 혈사제가 눈살을 찌푸리며 칼을 바닥에 꽂았다.

콰아아앙!

거대한 폭음이 일며 풍운의 검기가 만들어 낸 고랑이 혈사제의 칼 앞에서 멈췄다. 어느새 풍운이 바람처럼 달려와 진검을 휘둘렀다.

쇄애애액.

혈사제는 땅에 꽂은 칼을 빼내 풍운의 검을 후려쳤다.

쩌어엉!

풍운은 속으로 욕설을 뱉었다.

과연 천마신교의 태상장로였다. 그의 심후한 내력만큼
은 인정하지 않을 수 없었다.

몸이 찰나 휘청거리면서 중심을 잃을 뻔했지만 풍운은
땅을 발꿈치로 치면서 다시 앞으로 검을 휘둘렀다.

파아아앗!

빠르다. 마치 하늘에서 벼락이 치는 듯했다.

혈사제는 속으로 신음을 삼켰다.

'더 빨라졌다! 대체 이 괴물은 뭐냐?'

쩡쩡쩡, 째애애앵, 쩡쩡쩡.

풍운과 혈사제의 이차전이 시작됐다. 당연히 그 주변으
로 가공할 기의 폭풍이 일어나 사람들이 주춤거리며 물러
섰다.

한편 방야철도 풍운을 뒤따라 몸을 날렸다.

그가 노린 인물은 아까 자신에 의해 발목이 잘린 황마
객 장로였다.

자신들을 상대하기 위해 앞으로 나오던 수뇌부 중에서
지금 최악의 부상을 입고 있는 황마객.

방야철이 그를 노린 이유는 두 가지였다.

수뇌부 중 한 명이라도 빨리 제거하려는 것과 그로 인

한 혼란 가중.

"어어억!"

황마객은 낭왕이 자신을 향해 짓쳐 들자 머리털이 솟구칠 만큼 놀랐다.

왜 하필 자신이냐는 억울함마저 들었다.

그는 황급히 유엽도를 전면에 내세우면서도 몸은 뒤로 껑충 뛰어 몽혈비 장로 옆으로 붙었다. 몽혈비의 얼굴이 왈칵 구겨졌다.

"상대를 해야지 피해서야⋯⋯."

말을 마칠 시간이 없었다. 낭왕의 박도가 파공성을 터트리며 떨어졌다.

쩌엉!

"큭."

"윽!"

둘 모두가 짧은 신음을 흘렸다.

방야철은 찢어진 가슴에서 찌릿한 통증이 느껴졌다. 그리고 몽혈비는 절반 가까이 베인 허벅지가 떨어져 나갈 듯했다.

"쳐라! 공격이다."

조전후가 고함을 지르며 앞으로 움직였다. 그렇게 미끼

로 남은 이들이 천류영의 명에 따라 낭왕과 풍운의 좌우로 달렸다.

쩌어어엉! 쩡쩡쩡.

칼들이 부딪치며 쇳소리들이 사방에서 울렸다.

청우 율사가 마치 울부짖는 것 마냥 소리를 질렀다.

"사령관의 말처럼 여기서 죽자. 한 놈의 원수라도 더 데리고 가자!"

"와아아아!"

청성인들은 이미 죽기를 각오했다. 그렇기에 그들의 칼은 수비를 도외시한 오로지 공격뿐이었다.

독고설은 자신의 옆으로 빠져나가려는 마교도, 백랑대 조장을 향해 힘껏 칼을 휘둘렀다.

쇄애액.

그런데 그가 슬쩍 몸을 비트는 듯싶었는데 어느새 네 걸음 이상 거리를 벌렸다.

천마신교의 칠대보법 중 하나인 마홀보(魔忽步). 백랑대 조장 중 가장 경신술이 뛰어난 그는 독고설을 비웃으며 말했다.

"무림서생의 목은 내가 갖는다!"

그러나 그는 앞으로 뛰지 못했다. 남궁수가 그 앞을 막은 것이다.

"우리의 사령관이자 내 친구를 노리는가?"

쐐애액!

그의 칼이 거친 파공성을 터트렸다. 대규모 집단전을 처음 경험하면서 눈앞의 칼만 상대하던 그는 어느새 적응을 끝냈다.

그의 검은 평소의 그답게 변했다.

오만하고, 여유롭게.

천하제일검가인 남궁세가의 삼 공자. 정파 후기지수 중 가장 선두에 있는 자.

남궁세가의 중검이 빛을 발하는 검법.

창궁무애(蒼穹無碍).

푸르른 하늘에 거칠 것이 없다.

날카롭게 그리고 묵직하게.

남궁세가의 대표검법이 마침내 남궁수의 검 끝에서 펼쳐졌다. 그렇게 남궁수의 칼이 백랑대 조장을 향해 떨어졌다.

쨍.

백랑대 조장은 이맛살을 찌푸리며 남궁수의 칼을 쳐 냈다. 그리고 옆으로 움직이려는 순간, 그의 눈이 일그러졌다.

손목이 떨어져 나갈 듯이 시큰했다.

찰나의 마비.

과연 남궁세가의 검은 무겁구나, 라고 생각할 때, 방금 따돌렸다 생각한 독고설의 칼이 옆구리로 쇄도했다.

"제길!"

백랑대 조장은 이를 악물며 마흘보를 극성으로 펼쳤다. 그러자 그의 신형이 마치 아지랑이처럼 흔들리며 독고설의 검을 무위로 만들었다.

독고설이 안타까움에 탄식을 뱉는 순간, 남궁수의 칼이 허공의 한 지점을 향해 꽂혔다.

푸욱!

"컥!"

아지랑이처럼 흔들리던 백랑대 조장의 눈이 찢어질 듯이 커졌다. 그의 복부 한가운데 남궁수의 칼이 박혔다.

"내, 내가 이런 애송이에게……."

남궁수가 비릿한 미소를 지었다.

"내가 애송이라 해도, 수련하면서 흘린 땀과 본가의 검법만은 진짜다."

짜아아악.

남궁수의 칼이 백랑대 조장의 배를 찢으며 빠져나왔다.

그는 싸움에 돌입한 후, 처음으로 사문의 상승무공을 제대로 펼쳤다.

"어떻소?"

남궁수는 독고설을 향해 호기롭게 물었다. 그러나 그녀는 이미 다른 인물과 싸우고 있었다.

남궁수는 자신도 모르게 쓴웃음을 지었다. 아직도 그는 그녀에게 잘 보이고 싶은 마음을 간직하고 있었던 것이다.

하지만 상념은 이어질 수 없었다. 쉴 틈을 주지 않고 달려드는 마인들을 상대해야 했으므로.

피가 튀는 혈투 가운데 가장 후위에 있던 장득무는 연신 숨을 골랐다.

적과 칼을 부딪치지 않고 있는 사람은 자신밖에 없었다. 하지만 그는 한순간도 방심할 수가 없었다.

동료들을 젖히고 빠져나올 마인이 있을 경우를 대비해야 했기 때문이었다.

자신의 뒤로 불과 이 장 거리에 천류영이 있었다. 즉, 그는 천류영을 지키는 마지막 보루였다.

정면, 오른쪽, 왼쪽.

금방이라도 한쪽에서 마인들이 우르르 튀어나올 것만

같았다.

"휴우우, 휴우우."

장득무는 눈을 번뜩이면서 고개를 쉴 새 없이 좌우로 돌리며 살폈다.

쇄애애액.

하나의 창이 허공을 뚫고 쇄도했다. 격렬한 저지선을 뚫지 못한 마인 중 하나가 천류영을 노리고 던진 것이다.

장득무는 있는 힘껏 칼을 휘둘러 창을 후려쳤다.

"하하하! 사령관. 나만 믿으면 됩니다."

그가 호탕하게 말하자 천류영이 고개를 끄덕이며 대꾸했다.

"예. 비검 장 소협을 믿습니다."

등 뒤에서 들려오는 그의 중저음에 장득무는 묘한 감정을 느꼈다. 기실 그는 무림에서 유명한 후기지수 중 한 명이긴 했지만, 누군가로부터 믿는다는 말은 들어 본 적이 없었던 것이다. 늘 자신이 남을 향해 믿겠다는 말을 던지기만 했지.

그는 웃음을 멈추고 진지한 표정을 지었다.

"예, 믿으십시오."

쇄애액, 쇄애애액.

이번엔 창이 아니라 비수가 날아왔다. 하나가 아니라 두 개.

이미 상단으로 치켜든 검을 꼭 쥔 장득무가 외쳤다.

"내가 왜 비검(飛劍)이냐면!"

그가 땅을 발로 툭 찼다. 단숨에 그의 신형이 반 장 가깝게 솟구쳤다. 그 허공에서 그의 칼이 호를 그렸다.

쨍, 쨍.

비수가 장득무의 칼에 얻어맞고는 옆으로 튕겨 나갔다.

차아악.

땅에 착지한 장득무가 씩 웃으며 말을 이었다.

"내 검이 허공을 나는 새처럼 자유롭게…… 헉!"

그의 얼굴이 굳었다. 이번엔 비수가 세 개!

장득무는 다시 땅을 박차며 외쳤다.

"사령관 피하시오!"

쨍, 째앵!

쳐 냈다. 그러나 하나는 놓쳤다.

바닥에 내려선 장득무가 하얗게 질린 얼굴로 고개를 돌렸다.

"……!"

천류영, 그가 팔을 들어 가슴을 막았다. 그런데 그 팔뚝에 비수가 박혀 있었다.

그가 목숨을 걸고 자신을 믿겠다고 했는데, 그 말의 여운이 채 가시기도 전에 실망스러운 결과가 나왔다. 그게 미안해서 장득무는 무슨 말을 해야 할지 난감했다.

"사령관, 그, 그게……."

천류영이 고통으로 얼굴을 찌푸린 가운데에서도 싱긋 웃으며 말했다.

"전 괜찮습니다. 믿어요."

"……."

"조심하십시오!"

그의 말에 장득무는 앞을 보며 자신을 노리고 쇄도하는 비수를 칼로 후려쳤다. 그리고 신경질적으로 말했다.

"사령관! 조금이라도 뒤로 물러서면 안 되겠습니까?"

"저 혼자 말입니까?"

"……."

"죽는다면, 함께 죽는 겁니다."

장득무는 입술을 꾹 깨문 채 앞을 노려보았다. 가슴속이 뭐라 말할 수 없는 감정으로 휘몰아쳤다.

그는 심호흡을 하고는 정색하고 말했다.

"다시는 적의 칼이 사령관을 위협하지 않을 겁니다."

"예, 압니다."

"……."

장득무는 쇄도하는 비수를 보며 몸을 띄웠다.

파라라라.

그의 옷자락이 바람에 펄럭였다.

무려 다섯 개의 비수가 짓쳐 들었다.

쇄애애액.

장득무의 칼이 허공을 수놓았다.

째앵, 쨍, 쨍, 쨍!

네 개의 비수가 장득무의 빠른 검짓에 튕겨졌다. 그리고 남은 하나.

그를 빠져나가는 비수를 향해 장득무는 다리를 쭉 뻗었다.

푸욱.

그의 허벅지에 비수가 박혔다.

차아악.

장득무는 다시 땅에 착지해 우뚝 섰다. 상처를 보지도 않고 앞을 주시했다.

천류영은 장득무의 부상에 말에서 내리려고 했다. 그러자 장득무가 그를 흘낏 보고는 말했다.

"내리지 마십시오."

"하지만 적들이 나를 노리니⋯⋯."

말 위에 있는 천류영을 노린 공세. 그러다 보니 쏘아져 오는 비수들이 높았고, 장득무는 허공으로 뛰어야 했다. 아무래도 제약이 있을 수밖에 없었다.

장득무가 고개를 저었다.

"사령관은 말 위에 계십시오."

"⋯⋯."

"그렇게 당당하게 계속 적을 내려다보십시오. 그러려고 하마(下馬)하지 않은 것 아닙니까? 날 계속 믿어 주십시오."

천류영은 말없이 고개를 끄덕였다. 위풍당당한 자신의 모습은 적들을 심리적으로 쫓기게 만드니까.

장득무는 마치 뒤통수에 눈이라도 달린 듯이 씩 웃었다. 그리고 중얼거렸다.

"믿어 줘서⋯⋯ 고맙습니다, 천 공자."

그의 눈빛은 태어나 어느 때보다 진지했다.

수뇌부에서 가장 후위에 있던 마불은 심장이 바짝바짝 타들어 갔다. 압도적인 전력으로 일각 넘게 몰아쳐도 무너지지 않던 놈들이었다. 그런데 이젠 아예 죽기로 작정하고 달려들었다.

어쨌든 진다는 것은 상상할 수도 없었다. 승리는 따 논 것이나 진배없었다. 문제는 시간이다.

"아! 안 되겠어."

그는 북쪽으로 달려가는 정파인들을 보며 고개를 저었다. 저들이 자리를 잡고 견고한 수비 진형을 갖추면 생로가 막히면서 정말 위험해질 수도 있었다.

굳이 자신까지 여기에 있을 필요는 없었다.

그는 급히 뒤로 뛰면서 주변 소뇌음사의 수하들에게 명을 내렸다.

"우리는 북쪽으로 먼저 간다."

마침내 천류영이 노린, 누군가가 '나 하나쯤은…….' 이라는 생각을 하고 움직였다.

마불은 동료들도 정파의 포위망이 완성되어 가는 것을 불안해하고 있을 터이기에 자신의 선택을 내심 반길 것이라고 여겼다.

누군가는 해야 할 일이 아닌가!

하지만…… 마불과 소뇌음사의 무승들이 움직이자 흑도인들의 진형이 순식간에 예상보다 크게 헝클어졌다.

공격을 위해 앞으로 달리는 마교도와 사황궁도들의 눈가가 일그러졌다. 역주행하는 무승들을 보면서 입술을 깨물었다.

사혈강은 몽혈비 장로와 황마객 장로를 돕기 위해 나서다가 마불이 수하들과 함께 물러서는 것을 보며 신음을 삼켰다.

사황궁은 궁도 수가 많지 않았다.

그렇기에 당문세가를 공격할 때에도, 전공이 탐났어도 선두에 서지 않았다. 조금이라도 수하들을 잃지 않기 위해서였다.

그는 시선을 마불의 뒷모습에서 치열하게 싸우고 있는 수뇌부로 옮겼다.

혈사제, 몽혈비, 황마객은 정신없이 교전 중이었다. 뇌악천도 바빴다. 전체를 살피면서 무림서생을 주변의 수하들과 함께 계속 노렸다. 동시에 낭왕과 풍운을 견제하는 것도 잊지 않았다.

자칫 천마신교의 장로들이 위험하다 싶으면 여차 없이 끼어들 준비를 하고 있었다.

'나 하나쯤은…….'

이라는 생각이 사혈강의 머릿속에도 들었다. 마교도만

으로도 정파의 미끼들을 충분히 상대할 수 있었다.

하지만 마불의 소뇌음사만으로 북쪽의 곤륜과 백호단을 상대로 탈출로를 확보할 수 있느냐에 대한 회의가 들었다.

그렇기에 마불에게는 자신의 도움이 필요했다.

"사황궁은 소뇌음사를 도와 북쪽 길을 확보한다!"

"존명!"

무승들이 빠져나가는 와중에 사혈강의 명이 떨어지자 사황궁도들이 반기며 답했다.

그에 마교도들의 얼굴은 더욱 구겨졌다.

뇌악천이 버럭 소리를 질렀다.

"사황궁주!"

"소뇌음사만으로는 북쪽 길을 확보하기 어렵소!"

분명 일리가 있는 말이기에 뇌악천은 순간 말문이 막혔다.

"하지만 전투 중에……."

"그럼 무림서생의 의도대로 순순히 포위당하잔 말이오?"

사혈강은 수하들과 함께 등을 돌렸다.

흑도의 전열이 더욱 엉망이 되었다. 함께 싸우던 이들

중 누군가는 앞으로, 누군가는 뒤로 이동하며 부딪치기도
했다.

적지 않은 이들이 공격을 중단하고 뒷걸음질 쳤다.

모두가 정파인들에게 포위된다는 불안감을 느끼고 있
었던 터라 자연스럽게 몸과 마음이 그렇게 움직였다.

당문세가에서의 기억은 아프게 머리에 각인되어 버렸
다. 만에 하나 최악의 경우 생로와 최대한 가까워야 했
다. 그러지 않았다가 자칫 주변의 동료들과 몸싸움을 해
야 할지도 모른다는 무의식이 머릿속을 채웠다.

그 결과 스물 남짓의 정파인들은 숨통이 트였다.

이백여 마인들이 쏟아 내던 기세는 흔적도 없이 사라졌
다. 최전선에서 싸우는 이들은 목숨을 걸기보다는 언제라
도 뒤로 빠질 마음을 먹었다.

그러니 제대로 된 싸움이 이뤄질 리 없었다.

코앞의 스물 정파인들은 미끼임을 알기에 싸움보다 전
황에 몰두했다.

많은 이들이 남과 북으로 달리는 정파인들을 살폈고,
천류영 뒤쪽에서 당문인이 나타날까 가슴을 졸였다.

그러니 어처구니없게도 이십여 정파인들이 마교도들을
몰아붙이기 시작했다.

천류영의 말처럼 저지가 아니라 정말 공격이 되어 버린 것이다.

전황이 다시 한 번 요동쳤다.

3

소수의 정파인들이 다수의 마교 고수들을 밀어붙이는 기이한 상황.

조전후가 신이 나서 외쳤다.

"이놈들아! 덤비란 말이다. 덤벼! 내가 야차검 조전후다. 이 마졸들아!"

가장 어리고 유약한 화가연도 심장이 뜨거워졌다.

자신들이 마교의 무지막지한 고수들을 밀어붙이고 있다는 사실에 고무되어 없던 힘까지 용솟음쳤다.

이 무용담을 사문에 돌아가서 말하면 과연 믿어 줄까?

죽는 그날까지 이 순간을 결코 잊지 못할 것이었다.

"와아아아!"

절로 함성까지 터져 나왔다.

모용린은 아연한 표정을 지었다.

무림서생의 명!

자신은 그것을 '멋지게 죽자!' 라고 판단했다.

도망치다가 죽을 바에야 장렬히 산화하고 당문이 도착할 때까지 시간을 버는 것으로 해석했다.

그런데…… 자신들은 정말 공격을 하고 있었다. 기껏해야 반의 반 각 정도 몰아붙이다가 맥없이 물러날 것이라 생각했는데.

모용린은 칼을 휘두르면서도 절로 헛웃음이 흘러나왔다.

천류영은 상대의 머릿속에 들어앉아 있었다.

그들이 지금 무엇에 초조해하고 어떤 것을 두려워하는지 족집게처럼 간파했다. 그래서 결국 어떤 선택을 할 것인지도!

물론 이건 누구라도 생각할 수 있다.

하지만 가장 중요한 건, 적이 그런 선택을 할 수 밖에 없도록 판을 짠 것이다.

후위를 공격하던 독고세가, 곤륜, 백호단을 이동시키는 파격으로 시작한 천류영의 노림수는 흑도인 전체의 사고(思考)를 그가 원하는 방향으로 이끌어 왔다.

기가 막혔다.

천류영이 당최 사람으로 보이지 않았다.

이 긴박한 전장에서, 최악의 위기 상황에서 어떻게 그런 생각을 해냈을까?

그때 담담한 얼굴로 전황을 살피던 천류영이 고함을 질렀다.

"아무래도 안 되겠습니다. 낭왕! 풍운! 그리고 모두들 물러나세요!"

그의 명에 아군뿐만 아니라 흑도인들도 황당해 입을 쩍 벌렸다.

언제는 함께 죽자며 달려들더니!

이건 또 무슨 꿍꿍이인가?

"낭왕 대협! 어서 뒤로! 풍운! 물러나!"

천류영의 거듭된 재촉에 정파인들은 격한 숨을 몰아쉬며 서서히 물러섰다.

물러나는 그들의 얼굴엔 아쉬움이 가득했다. 하지만 이내 그들은 고개를 주억거리며 천류영의 판단이 옳다고 여겼다.

지나치게 흥분하고 있었다.

기세를 타는 것은 좋은 일이지만, 자신들은 소수였다. 자칫 흥분으로 오판이나 실수를 하면 감당하기 어려운 상황에 빠질 수도 있었다. 어쨌든 마교의 고수들은 결코 호락호락한 상대가 아니기에!

그럼에도 아쉬움을 다 털어 내지는 못했다. 조금만 더 몰아붙이면 상대에 적지 않은 피해를 줄 수 있을 것 같았기 때문이었다.

천류영의 명에 정파인들이 물러나는데도 마교도들은 쫓지 않았다.

엉망이 된 전열.

스무 명 남짓한 정파인들을 공격하고자 굳이 전열을 정비할 이유는 없었다. 그냥 공격하면 된다.

하지만 뇌악천이 자신들에게도 소뇌음사나 사황궁처럼 후퇴의 명을 내리지 않을까, 라는 기대를 한 것이다.

이른바 마불과 사혈강이 '나 하나쯤은…….' 이란 생각을 하게 되면서 남은 이들은 자연스럽게 '왜 내가 이 거추장스럽고 위험해질 수 있는 일을 떠맡아야 하지?' 라는 불만이 든 것이다.

그렇게 그들의 신뢰는 쩍쩍 금이 갔다.

당문세가에서 서로의 수하를 짓밟으며 빠져나온 전력이 앙금으로 남아 있었던 터라 그런 불만은 더욱 커졌다.

혈사제나 몽혈비, 황마객은 풍운과 낭왕을 노려보며 이를 갈았다.

몇 번의 죽을 고비가 있었다. 물론 상대도 마찬가지였을 터다.

그렇게 짧은 시간에 생사를 다투는 어려운 순간들이 스쳐 갔다. 그렇기에 호흡을 잠깐 정리하며 다시 들이칠 준비를 하는데 뇌악천이 '아!' 하는 탄식을 뱉었다.

정신없는 교전 중에 생긴 잠시의 소강상태.

그 짧은 정적 위로 희미한 소리가 사람들의 귀에 파고들었다.

"와아아아아아!"

그건 분명 고함 소리였다.

소뇌음사와 사황궁이 막 대오에서 이탈해 빠져나가는 순간, 마교도들은 아련하게 들려오는 고함에 몸을 부르르 떨었다.

모용린이 적을 경계하면서 뒷걸음질 치다가 놀라 뒤로 고개를 돌렸다.

천류영이 빙긋 웃었다.

웃는 그의 뒤 저 멀리에서 함성을 지르며 달려오는 일단의 무리가 있었다. 천류영은 이 소리를 듣게 하기 위해 싸움을 물린 것이었다.

마침내 당문인들이 전장을 향해 달려오고 있었다.

천류영은 곤혹스러운 표정을 짓는 흑도인들을 보며 웃었다.

"하하하. 우리만으로 다 쓸어버리려 했는데 아쉽군요. 하지만 당문에게도 공을 세울 기회를 주어야겠습니다. 독수 어르신이 워낙 신신당부를 해서 말이죠."

"……."

"무형지독으로 죽는 게 깔끔할 겁니다. 시신이 훼손되지 않으니까요. 무덤은 제가 책임지고 만들어 드리죠."

그 말과 함께 그는 백마의 말머리를 돌려 뒤로 움직였다.

낭왕을 비롯한 정파인들도 마교도를 경계하며 뒤로 빠르게 발을 놀렸다.

그 모습을 보며 뇌악천은 입술을 짓이겼다.

혹시 무형지독이 가짜인 건 아닐까, 라는 생각을 했었다. 그런데 당문에 공을 넘긴다는 천류영을 보니 역시 무형지독은 진짜구나 싶었다.

황마객이 외발로 껑충껑충 뛰면서 말했다.

"뭐합니까? 당문인들이 오기 전에 피해야 합니다."

뇌악천은 이를 갈면서 천류영의 뒷모습을 보았다.

여유롭게 백마를 몰며 물러서는 놈을 죽이고 싶어 미칠

것만 같았다.

이건 마치 자신들을 실컷 농락하다가 재미없어졌다고 가 버리는 것 같지 않은가?

얼마 안 되는 거리.

문제는 저놈을 잡으려면 그 앞에 있는 스물 남짓한 정파인들을 넘어서야 한다는 점이었다. 그 와중에 놈은 말을 타고 훌쩍 달아날 터이고.

이제 놈을 제거한다는 것은 물 건너간 일이었다.

뇌악천은 천류영을 보며 안타까움에 몸을 부르르 떨었다. 태어나 저렇게 얄밉고 죽이고 싶은 인간은 처음이었다.

혈사제가 가쁜 숨을 고르며 뇌악천의 어깨를 손으로 잡았다.

"소교주."

"태상장로님."

혈사제는 뇌악천을 직시하며 고개를 저었다.

"물러나야 한다."

그뿐만 아니라 마교도 전체가 온몸으로 압박을 가해 왔다. 빨리 후퇴의 명을 내리지 않고 뭐하고 있느냐고.

당문세가에서 어떻게 빠져나왔는데 또 그런 꼴을 당하

고 싶으냐고 실책하는 것 같았다.

뇌악천은 힘없이 고개를 떨어트리고 말했다.

"예, 압니다. 그래야지요."

혈사제는 뇌악천의 어깨를 피투성이인 손으로 툭툭 치고는 수하들에게 명을 내렸다.

"소뇌음사, 사황궁의 뒤를 따라 이동한다!"

"존명!"

모두가 한마음 한뜻으로 외치며 뒤돌았다.

그러자 천류영이 말머리를 돌리고 방야철과 풍운 그리고 모두를 훑으며 큰 소리로 물었다.

"생각해 보니 이제 몸이 좀 풀렸던 것 같은데, 아쉽습니까?"

그의 질문은 물러나는 마교도들까지 움찔하게 만들었다. 만약 거머리 같은 저들이 다시 달라붙으면 정말 곤란에 처하게 될 터였다.

그리고 무림서생 저놈은 충분히 그러고도 남을 위인이었다.

마교도들의 뛰는 속도가 갑자기 빨라졌다.

한편 천류영의 질문을 받은 풍운과 방야철은 난감한 표정을 지었다.

독고설과 조전후 그리고 팽우종 역시 쓴웃음을 지었다. 모용린은 절대 불가라고 고개를 크게 저었고, 화가연 역시 우는 듯한 표정으로 도리질 쳤다.

한껏 흥분했을 때는 몰랐는데 경계하면서 물러서다 보니 전신이 욱신거렸다. 아프지 않은 곳이 없었다.

우린 이제 이 선으로 물러나 조금 쉬어도 되지 않냐는 간절한 얼굴로 천류영을 보았다.

청성인들도 숨을 헐떡이며 아무 말도 하지 못했다. 마음으로는 끝까지 싸우고 싶지만 내공과 체력이 완전 바닥나 버렸던 것이다.

그런데 장득무가 칼을 힘껏 치켜들며 외쳤다.

"싸우겠습니다!"

모두가 날카로운 시선으로 장득무를 째려보았다.

장득무는 오로지 천류영만 보며 말했다.

"사령관님을 믿습니다!"

천류영이 크게 웃었다.

"하하하. 모두들 대단하십니다. 아직도 정정하다니!"

장득무를 제외한 모두가 한숨을 삼켰다.

그러나 천류영의 외침을 들은 흑도인들은 대경했다. 그들의 퇴각 속도가 급속도로 빨라졌다.

가장 고강한 혈사제도 진저리를 치며 뛰는 모습이 보였다.

천류영은 말을 앞으로 몰며 주변의 사람들에게 속삭이듯 말했다.

"일단…… 쫓는 시늉만 하죠."

그의 말에 모두가 헛웃음을 흘리고 말았다.

천류영과 함께 있으면 이곳이 전장인지 아닌지 헷갈릴 때가 있었다. 그렇게 그는 자신들을 용기백배하게 만들기도 했고 여유롭게 웃게도 만들었다. 적뿐만 아니라 자신들도 쥐락펴락하고 있는 것이었다.

모용린은 고개를 밑으로 떨구며 피식피식 웃었다.

이 남자.

감히 군신(軍神)이라 칭해도 될 인물이었다.

왜 천마검이 그렇게 이 사람을 경계했는지 뼈저리게 느껴졌다.

천류영은 남쪽에서 진을 치던 독고세가와 백호단을 향해 외쳤다.

"공격합니다!"

그들은 마교도들까지 북쪽으로 움직이는 것을 보고는 이미 달려오고 있었다.

"와아아아아!"

천류영의 명까지 떨어지자 함성을 질렀다.

천류영은 그들을 흘낏 보고 마교도들을 향해 백마를 몰았다.

"갑시다!"

낭왕과 풍운 그리고 스물 남짓의 정파인들은 고개를 절레절레 저으면서도 발을 뗐다.

천류영은 미안한 표정을 지으면서도 풍운을 슬쩍 옆으로 불렀다.

풍운이 얼굴에 흐르는 땀을 훔치며 다가와 물었다.

"왜요? 형님."

"궁금해서 말이야."

"……?"

"네 검이 상대 허리를 노릴 때 말이야."

풍운은 눈을 껌뻑거리며 고개를 갸웃거렸다.

"무슨 말을 하고 싶은 건데요?"

"그러니까 네 다른 공격은 다 맞받아치던데, 왜 네가 허리를 공격하면 상대가 피하는지 궁금해서."

"예? 지금 대체 무슨……."

풍운은 어이가 없어 미간을 찌푸리다가 흠칫 몸을 떨었

다. 곰곰이 결투를 복기해 보니 천류영의 말이 사실이었기에.

풍운은 두 가지 의미에서 놀랐다. 자신과 상대와의 검초 교환은 정말이지 눈이 부시게 빨랐다. 어지간한 고수의 안력으로도 결코 따라올 수 없을 만큼.

그런데 천류영은 자신과 마교 태상장로의 검투를 모두 꿰뚫고 있었다는 말이다.

또한 그 와중에 상대가 자신의 공격에 어떻게 반응하는지, 일정한 규칙을 포착했다는 것이었다.

이것을 믿어야 하는가?

"그, 그랬나요? 워낙 일 초, 일 초식을 변화무쌍하게 치고받아서……."

풍운이 놀라 떨떠름하게 대꾸했다. 천류영이 말을 받았다.

"그때마다 상대는 한 발 물러나서 네 칼이 지나간 다음의 네 몸을 노렸었지. 머리나 가슴을."

"……."

"만약 네가 거짓으로 허리를 노리는 공격을 한다면?"

풍운은 뜻 모를 한숨을 살짝 내뱉고 반문했다.

"허초를 말하는 건가요?"

"그렇지. 네가 허초로 허리를 노리면 어떻게 될까 궁금해서."

풍운은 천류영의 백마와 보조를 맞춰 가볍게 뛰면서 대꾸했다.

"마교의 절정고수예요. 허초인 것을 모를 리가 없죠."

"그런가? 그렇구나."

천류영은 머쓱한 미소를 지으며 어깨를 으쓱하고는 말을 이었다.

"미안, 그냥 싸우는 것을 보니까 궁금해져서. 만약 허초로 상대를 속일 수 있다면, 의외로 허점이 여러 군데 드러날 것 같았거든."

풍운은 천류영을 뚫어지게 보다가 고개를 절레절레 저었다. 얼떨결에 대화를 나누기는 했는데 상당히 황당했다.

"그런데 생각해 보니 형님 말대로 제가 허리를 노리는 공격에 항상 그렇게 반응했어요. 상하 공격보다 좌우 공격에 취약했다는 뜻이죠. 그리고 그 말은…… 제 좌우의 중단 공격을 부담스러워했다는 뜻이고요."

"그런가?"

"예. 그래서 실초인 동시에 허초라면…… 그리고 상대

가 또 그렇게 반응하면……."

풍운의 눈이 빛났다. 그리고 말을 이었다.

"재미있겠는데요? 정말 형님 말대로 허점이 몇 군데 생길 것도 같아요."

천류영이 물었다.

"그래? 흠, 싸울 힘은 남아 있어?"

"몇 번 정도는 부딪칠 수 있어요."

"그렇단 말이지?"

"예. 그리고 한 번이면 돼요. 한 번. 안 되면 그냥 물러나죠. 뭐. 그런데 싸울 기회가 올까요? 저 할아버지는 저 수비벽을 건너뛸 능력이 되거든요. 무적검께서 건재하시다면 막겠지만 부상이 심해 힘들잖아요."

천류영이 빙그레 웃었다.

"그 기회, 만들어 볼까?"

"……?"

"적 수뇌부를 모두 놓치면 아쉽잖아."

"……."

"네가 힘들면 보내도 상관없는데."

풍운은 백마 위의 천류영을 말없이 보다가 쓴웃음을 머금었다. 마치 적 수뇌부를 원하면 언제라도 잡을 수 있다는 듯이 말하는 모습이라니.

당최 이 사람은 전장에 있어도 긴장하는 낯빛을 볼 수가 없었다. 그건 그렇고 천류영의 안력? 아니면 관찰력이라고 해야 할까?

풍운은 싸움이 끝나면 반드시 확인해 봐야겠다는 생각을 했다.

한편 북쪽에서 진을 치기 시작하던 곤륜과 백호단원들은 긴장했다.

아직 진형을 제대로 꾸리지도 못했는데 소뇌음사의 무승들이 함성을 지르며 달려왔다. 곧바로 그 뒤를 사혈궁도들이 따랐다.

석현자는 자신의 옆에 있는 한추광을 보며 초조한 기색으로 물었다.

"막아야 하겠지요?"

한추광은 입술을 꾹 깨문 채 전면만 노려보았다.

수비로만 임한다면 어느 정도의 시간은 막을 수 있다. 그러나 악에 받친 저들을 상대하는 건 결코 쉬운 일이 아닐 터였다. 더구나 곤륜인들은 지금 매우 지친 상태였고, 부상자들도 적지 않았다.

적지 않은 피해를 감수해야 하는 일.

백호단 일조장, 고밀한이 입을 열었다.

"본단이 선두에 서겠습니다. 뒤를 받쳐 주십시오."

한추광이 침묵하는 가운데 석현자가 고개를 끄덕였다.

"그러겠네. 그럼 부탁하겠네."

이젠 마교도들까지 소뇌음사와 사황궁의 뒤를 따라 가세했다.

아직 어느 정도의 거리가 있는데도 불구하고 엄청난 압박감이 곤륜과 백호단에게 다가들었다.

그들은 침을 삼키면서 들고 있는 병장기에 힘을 주었다.

선두의 고밀한이 외쳤다.

"잠시만 막으면 된다. 그럼 후위로 동료들이 온다!"

석현자도 가세했다.

"당문이 무형지독을 가지고 온다! 힘을 내자!"

두 장수의 외침에 정파인들이 용기를 내 함성을 질렀다.

"오라!"

고밀한은 호기롭게 외치며 들고 있는 창을 앞으로 겨눴다.

그때 천류영이 고함을 질렀다.

"적 고수가 많습니다. 횡진(橫陣)이 아니라 방진을!"

그의 외침에 고밀한의 눈동자가 흔들렸다.

지금 자신들은 적들이 쉽게 빠져나가지 못하게 이 열 횡대로 길게 늘어서 있었다. 그런데 병력을 촘촘히 모으는 방진이라니?

물론 그렇게 하면 진세가 단단해지는 장점이 있다. 그러나 병력을 모으면 적들이 좌우로 쉽게 빠져나갈 수 있었다.

애써 포위하려던 의도가 무색해지는 것이다.

또한 적이 달려오는 와중에 갑작스러운 진형 재편은 위험천만한 일이었다. 전열이 일시적으로 뒤엉켜 제대로 된 싸움을 할 수 없게 만드는, 아주 어리석은 명령이었다.

고밀한이 눈살을 찌푸리며 고개를 저었다.

"아무리 사령관의 명이라도 이건 아니다."

그러자 석현자도 맞장구를 쳤다.

"어찌 무림서생이 이런 우둔한 명을?"

둘은 서로 눈을 마주쳤다. 곧 적이 코앞에 닥칠 터이다. 그런데 지금 진형을 바꾸라니?

벌써부터 천류영의 명에 곤륜과 백호단은 어쩔 줄 모르

고 당황하는 모습을 속출했다. 그 광경에 고밀한이 탄식했다.

"아아! 무림서생도 실수를 하는구나."

고밀한은 고개를 저으며 안타까운 표정을 지었다. 그러면서도 자신들이 너무 사령관에게 의존하고 있다는 생각을 했다.

어쨌거나 그는 이제 갓 무림에 들어온 신인이 아니던가!

그런데 침묵하던 한추광이 갑자기 입을 열었다.

"뭐하는가? 사령관의 명이 떨어졌다. 모두 가운데로 모여라!"

곤륜인에게 한추광의 명은 절대적이다. 이 선에 위치했던 곤륜인들이 곧바로 가운데를 향해 달렸다.

한추광은 고밀한에게도 재촉했다.

"빨리 명을 내리시오!"

고밀한은 입술을 깨물었으나 어쩔 수 없다는 듯이 고개를 주억거렸다.

자신들만으로 흑도의 고수들을 상대한다는 것은 얼토당토않은 일이었다. 아군이 지원 오기 전에 전열의 곳곳에 구멍이 숭숭 뚫릴 것이 자명했다.

"백호단은…… 사령관의 명에 따르라!"

"복명!"

좌우로 길게 늘어서 있던 곤륜과 백호단원들이 빠르게 가운데로 뛰었다.

고밀한은 일시적으로 엉망이 돼 버린 전열을 보며 앞으로 발을 내디뎠다.

적이 지척이었다. 그들의 선봉을 잠깐이나마 막아 수하들로 하여금 전열을 재편할 시간을 만들어 주어야 했다.

석현자도 같은 생각이었는지 고밀한 옆으로 나란히 섰다.

해볼 만한 싸움이 갑자기 어려워졌다. 피해는 있겠지만 적 상당수를 궤멸시킬 기회였거늘.

고밀한은 지금 이 순간만큼은 무림서생이 원망스러웠다.

4

고밀한과 석현자가 주변의 무사들과 함께 나아가려는 순간 한추광의 말이 발목을 잡았다.

"멈추시오. 자리를 지켜야 하오!"

"하, 하지만……."

고밀한은 앞으로 다가오는 마불을 보며 대꾸하다가 눈을 치켜떴다.

진격해 오던 소뇌음사의 무승들이 방향을 자신의 좌우로 틀었다.

수하들이 빠져나간 곳으로 이동하는 것이다.

고밀한은 그제야 '아!' 하는 탄성과 함께 고개를 주억거렸다. 한추광이 그의 옆으로 나와 낮게 중얼거렸다.

"이들의 목적은 싸움이 아니오."

"그, 그렇군요. 한 대협의 말씀이 옳습니다. 괜히 우리와 싸움 붙었다가 지체되면 당문인들에게 뒷덜미를 잡힐테니까요."

둘의 대화처럼 소뇌음사는 곤륜과 백호단을 피해 좌우로 갈라져 뛰었다. 그리고 뒤따르는 사황궁도들도 마찬가지였다.

석현자는 좌우로 이동하는 적들을 경계하면서 나직하게 물었다.

"그럼 우리는…… 이렇게 지켜만 보면 되는 겁니까?"

고밀한이 여전히 불만스러운 기색으로 대꾸했다.

"그런 것 같습니다. 그런데 이래서야……."

사람의 마음이란 참으로 간사하다. 방금 전까지만 해도 목숨을 걸 싸움에 긴장했는데, 이제는 별 위험이 없다는 생각에 아쉽다는 생각이 드니 말이다.

그리고 그런 생각이 들 만도 한 것이 고밀한은 적들을 빠져나가게 하는 것이 마음에 들지 않았던 것이다.

한추광이 고개를 저었다.

"일부 놈들이라도 퇴각을 저지시켜야지요."

고밀한이 고개를 갸웃거렸다.

"예? 우리가 탈출로를 열어 줬는데 어떻게 말입니까?"

"소뇌음사와 사황궁이 빠져나간 직후에 마교도들을 막습니다."

"……?"

"어차피 저들 모두를 막으려면 우리도 상당한 피해를 감수해야 합니다. 천 공자는 그것을 원하지 않을 거예요. 그는 한 명이라도 살릴 수 있다면 더 살리고 싶어 하는 사람이니까."

"그렇습니까? 무림서생이 대단한 책사이긴 하지만 전쟁을 수행하려면 독해져야 할 터인데……."

고밀한은 입맛을 다셨다. 한추광은 그런 고밀한의 의견에 동조하지 않았지만 지금 그것 가지고 왈가왈부할 때는 아니었다.

"어쨌든 우리는 마교의 일부를 막을 듯싶습니다. 그럼 우리의 피해도 거의 없이 저지시킬 수 있을 테니까요."

사황궁도도 그들 좌우로 빠져나갔다. 그리고 이내 마교도들도 갈라져서 뛰어왔다.

때마침 천류영이 마교도들의 뒤를 따라오며 외쳤다.

"방진! 오른쪽으로! 적들을 막으시오!"

얼추 방진이 완성된 터라 정파인들은 천류영의 지시대로 움직였다.

고밀한은 얼떨결에 움직이면서 한추광에게 말했다.

"사령관과 한 대협의 말씀이 일치하는군요. 하지만 이들을 막다가 뒤로 빠져나간 소뇌음사와 사황궁이 후위를 공격하면 우리는 매우 위험한 지경에 처하게 됩니다."

많은 실전에서 우러난 경험을 바탕으로 그가 우려를 표하자 한추광이 묘한 미소로 대꾸했다.

"그들이 도울 것 같소?"

"그야 당연히……."

고밀한은 말을 하다가 멈췄다. 그의 눈이 커졌다. 그리고 이내 그 역시 미소를 머금었다.

"그렇군요. 그러지 않겠군요."

지금은 이른바 당문세가 내부에서와 같은 상황이다.

먼저, 최대한 멀리 도망가는 자만이 살아남는다!

괜한 공명심으로 지체했다가는 이도저도 못하고 위험에 처하기 좋았다.

지금 적들의 머리는 그 생각으로 가득할 터였다.

고밀한은 고개를 주억거리며 말했다.

"적들 중 일부 마교도만 잡는다는 것이 아쉽긴 하지만 그래도 모두 보내 주는 것보다는 낫겠지요."

한추광이 고개를 저었다.

"아니, 천 공자는 더 넓게 보고 있는 것 같습니다."

고밀한의 고개가 갸웃거렸다.

"예?"

"이 싸움이 끝난 후, 살아남은 마교도들과 소뇌음사, 사황궁의 불신은 극도로 높아지게 될 것입니다. 이건 결국 더 나아가 마교와 흑천련 연합에 균열을 만들 수 있지요."

"……!"

"무림서생은 애초에 모두 제거할 생각을 하지 않았던 걸지도……. 그는 단순한 승리가 아니라 적 내부의 분열까지 노리고 있었던 것 같습니다."

고밀한은 순간 말문을 잃었다. 문득 소름이 돋았다. 하지만 이내 정신을 바짝 차렸다.

마교도들이 지척까지 다가온 것이다.

한추광과 고밀한이 막은 마교도들은 혈사제와 황마객 장로가 이끌었다. 그리고 뇌악천과 몽혈비가 이끄는 이들은 옆으로 빠져나갔다.

뇌악천은 달리던 것을 잠시 멈춰 반대편으로 갈라진 아군을 보았다. 몽혈비도 침을 삼키며 그쪽을 보았다가 뒤를 보았다.

자신들을 지긋지긋하게 괴롭혔던 천류영 일행이 보였다. 그들 뒤로는 독고세가와 백호단이 함성을 지르며 달려왔다. 그리고 산 사이의 길목에서 당문인들도 모습을 드러냈다.

독수 당철현이 그 선두에서 수하를 이끌었다.

몽혈비는 고개를 저었다.

"일단 우리라도 먼저 빠져나가야 한다."

뇌악천은 입술을 깨물었다.

"하지만……."

"태상장로께서는 능히 저들을 뚫고 우리 뒤를 따라올

것이다. 다만 수하들은……."

몽혈비는 말꼬리를 흐렸다. 수하들의 안위까지 확신할 수는 없었기 때문이었다.

뇌악천은 머릿속이 헝클어졌다.

혈사제 태상장로는 자신의 든든한 조력자였다.

만에 하나 자신과 함께 한 태상장로의 안위에 문제가 생긴다면 단순히 조력자 한 명을 잃는 것이 아니었다.

차기 교주 자리를 두고 승부를 벌이고 있는 천마검과 늘 비교당하는 자신이었다. 그런데 자칫 조력자마저 팽개치고 나온 인물로 낙인찍힐 위기에 처한 것이다. 그건 수많은 조력자들의 신뢰를 잃는 일이 될 터이고.

몽혈비가 다급한 어조로 말했다.

"머뭇거리다간 우리도 싸움에 휘말린다!"

그의 말대로 독고세가와 백호단은 아예 자신들을 향해 달려오고 있었다.

하지만 뇌악천은 그래서 더더욱 발을 떼기가 어려웠다. 자신들이 계속 퇴각하면 독고세가와 백호단은 태상장로님 쪽으로 향할 수 있기 때문이었다.

몽혈비는 다리가 불편했기에 더 이상 머무르는 건 위험하다고 판단했다.

"이미 당문세가에서 수하를 팽개쳤다. 무형지독이 건재하니 어쩔 수 없었던 것이지. 그런데 왜 이제 와서 망설이는 것이냐?"

뇌악천은 쓴웃음을 삼키고 대꾸했다.

"태상장로님까지 잃을 수는 없지 않습니까?"

"쯧쯧, 그분이야 어련히 알아서 빠져나오시려고."

몽혈비는 뇌악천을 이해가 안 간다는 눈으로 보다가 멈췄던 발을 뗐다. 그가 사황궁의 뒤를 따라 달리자 주변에서 머뭇거리던 마교도들 일부도 움직였다. 그리고 점차 많은 이들이 빠져나갔다.

그들의 머릿속은 어차피 이번 싸움도 졌다는 패배감과 동료를 위해 희생할 이유가 없다는 이기심으로 가득했다.

뇌악천은 멀어져 가는 몽혈비와 수하들을 보고 짙은 한숨을 뱉었다.

그제야 그도 깨달은 것이다.

이번 싸움은 패배 이상의 것을 잃었다는 것을.

상관과 부하, 동료와 동료 간의 신뢰가 무너졌다.

뇌악천은 백마 위에 있는 천류영을 보았다.

"이제야 천마검이 널 그토록 경계한 이유를 알겠다. 정말 무서운 놈이구나. 싸움, 그 너머까지 보다니⋯⋯."

작전에 실패한 지휘관은 용서할 수 있어도, 경계에 실패한 지휘관은 용서할 수 없다는 말이 있다. 그러나 그보다 더 못한 지휘관은 신뢰를 잃은 자이다.

신뢰를 잃으면 아예 지휘관으로서 자격이 없기 때문이었다.

자신은 그 신뢰를 잃었다.

명색이 당문세가 점령의 지휘관인데 소뇌음사와 사황궁, 그리고 이제는 같은 천마신교의 사람들까지 자신을 두고 먼저 몸을 빼내고 있었다.

"크크큭. 무림서생, 너는…… 내 모든 것을 무너뜨리는구나."

가뜩이나 천마검에 비해 한참 뒤처지고 있었는데 이번 전투로 인해 그 차이는 현저하게 벌어질 것이 빤했다.

장탄식이 잇새로 흘러나왔다. 그러나 그의 눈은 표정과 달리 기광이 스쳤다.

일단 살아야 했다.

신뢰는 어렵더라도 다시 쌓을 수 있으나 목숨은 하나였다. 무엇보다 자신의 뒤에는 아버지가 있었다.

대 천마신교의 교주, 뇌황!

피는 물보다 진한 법이니 아버지는 분명 자신에게 다른

기회를 주실 것이라 믿었다.

그는 혈사제를 향해 힘껏 외쳤다.

"태상장로님! 먼저 움직일 터이니 속히 빠져나오십시오! 태상장로님만큼은 반드시 나오셔야 합니다!"

그리고 그 역시 몽혈비를 따라 뛰었다. 자신 홀로 이곳에 남아 있는다고 해도 별 도움이 될 수 없다는 현실을 그는 아주 잘 알고 있었다.

혈사제는 자신을 막아선 일백여 정파인들을 향해 달려들려다가 귓가에 들리는 뇌악천의 고함을 듣고 한숨을 삼켰다.

겉으로 내색하지는 않았지만 짙은 허탈함이 가슴속에 들어찼다.

뇌악천이 자신을 진심으로 걱정한다는 마음이 전해졌다. 대신 수하들은 안중에도 없다는 것도 느껴졌다.

혈사제는 주변 수하들의 안색을 흘낏 살폈다. 그들은 쓴웃음을 머금고 있었다. 하지만 딱히 불만스러운 얼굴은 아니었다.

그 모습에 혈사제는 더욱 가슴이 쓰라렸다.

애초에 이들은 뇌악천 소교주에게 별 기대를 하지 않았

다는 것이기에.

'하긴, 당문세가에서 서로를 짓밟고 나올 때부터 모든 것이 깨졌던 것이야. 그때부터 우리는 무늬만 부대였던 게지.'

흑랑대주의 말이 옳았다.

놈들이 무형지독을 뿌렸어도 싸웠어야 했다.

일각에서 이각의 시간 제한이 있더라도 분명 해볼 만한 싸움이었다. 수뇌부가 앞장서 결사항전을 했다면 상황은 이렇게 최악으로 치닫지는 않았을 것이다.

싸움을 패하고 신뢰, 명예도 잃었다.

흑천련과는 불신이 생겨났다.

혈사제는 눈앞에 적을 두고 고개를 돌렸다.

이 모든 일의 원흉이 자신의 뒤로 다가오고 있었다.

무림서생 천류영.

그의 혀에 놀아나 이렇게 되었다.

그의 한 마디, 한 마디가 자신들로 하여금 싸우는 것은 잊고 생존에만 몰두하게 만들어 버렸다.

혈사제는 수비벽을 뚫기 전에 한번이라도 더 천류영을 눈에 담았다.

결코 이날의 치욕을 잊지 않기 위해서.

그러던 그의 눈동자가 흔들렸다.

"……!"

자신의 뒤를 따라오는 무림서생.

그런데 그의 옆에는 딸랑 호위 한 명밖에 없었다.

무섭도록 빨랐던 풍운이라는 청년.

그를 제외한 다른 이들은 지쳤는지 몇 장 뒤에서 거친 숨을 몰아쉬며 느리게 뛰고 있었다.

'해볼 만하다!'

혈사제는 자신도 모르게 침을 꿀꺽 삼켰다.

무림서생, 저놈만 잡을 수 있다면!

그렇다면 오늘 대패의 치욕도 씻을 수 있으리라.

본산에 있는 교주님이나 흑천련의 다른 수장들은 납득하지 못할지라도 천마검을 비롯한 뇌악천, 마불, 사혈강은 인정할 것이다. 그리고 무림서생을 해치운 것이 얼마나 큰 공인지 대신 주장해 줄 것이리라.

황마객 장로가 그를 향해 말을 건넸다.

"태상장로님! 뭐하십니까?"

"자네가 수하를 이끌고 싸우게!"

황마객의 눈이 찢어질 듯이 커졌다. 주변 수하들의 인원은 사십여 명.

고수들이라고는 하나 상대 백호단 역시 만만치 않을 것이다. 그리고 자신은 발목이 잘려 아무래도 거동이 불편했다. 그런데 가장 선두에서 기선을 제압해야 할 태상장로가 몸을 사리다니!

"태상장로님!"

"무림서생을 인질로 잡거나 해치울 것이야. 잠시면 되네."

"……!"

혈사제는 땅을 박차고 허공으로 몸을 솟구쳤다. 그렇게 뒤따르던 수하들을 단숨에 넘어 천류영을 향해 폭사했다.

황마객은 놀라서 뒤를 돌아보았다. 그리고 그도 무림서생이 호위 한 명만을 대동하고 오고 있는 것을 보았다.

꿀꺽.

침을 삼킨 그는 눈을 빛냈다. 그가 생각해도 이건 기회였다.

무림서생은 당문인이 당도하자 승리감에 고취되어 이성을 잠시 잃은 것 같았다.

놈은 무공을 익히지 않았다.

그렇다면 충분히 승산이 있었다. 문제는 풍운이라는 저 무서운 청년이었다. 아까처럼 태상장로와 접전을 펼치면 그사이에 무림서생이 도망칠 수 있었다.

"알아서 잘하시겠지."

황마객은 다시 앞을 보았다. 더 이상 태상장로의 행보에 관심을 기울일 수가 없었다.

백호단과 충돌했으니까.

쩌어어엉! 쩡쩡쩡쩡쩡.

긴 밤을 지내고 이른 아침에 벌이는, 최후의 싸움이었다.

황마객이 빽 소리를 질렀다.

"뚫어라!"

고밀한이 맞고함쳤다.

"막아라!"

파라라라.

극성의 경공을 펼치는 혈사제의 옷이 펄럭거렸다. 그가 달려오는 모습에 천류영이 '어?' 하며 놀란 표정을 지었다. 그런데 혈사제는 기이하게 그 놀란 얼굴에서 두려움이 느껴지지 않는다는 느낌을 받았다.

'호위를 믿는다는 거군.'

예상한 대로 풍운이 천류영의 백마 앞에 나섰다.

씨익.

혈사제의 입꼬리가 올라갔다.

강호무림에 흔한 화두가 있다.

내공이 우선이냐? 초식이 우선이냐?

사실 답은 간단하다.

내공과 초식의 조화다.

무림인들 그 모두가 답을 알고 있는데도 불구하고 이 화두는 끊이지 않는다.

왜냐하면 내공과 초식의 완벽한 조화를 이루는 무인은 거의 존재하지 않기 때문이다.

초식에 비해 내공이 깊거나, 내공에 비해 초식의 운용과 이해가 깊다.

자신은 전자에 속했다.

심후한 공력.

물론 그렇다고 자신의 초식이 떨어진다는 말은 결코 아니다. 절정고수의 초식이 어떻게 단순할 수 있겠는가?

하지만 분명 자신의 힘은 깊은 내공에 있었다.

반면 풍운은 초식에 강점이 있었다.

믿기 어려울 정도로 빠른 초식에 눈이 현란할 지경이었

다. 물론 그 빠름이 가능한 것은 내공이 지대한 영향을 주는 것이지만.

혈사제는 이번에야말로 자신이 풍운을 제압할 수 있다고 확신했다. 최소한 튕겨 내 버리고 무림서생을 생포하거나 해치울 수 있었다.

그가 그런 확신을 하는 이유가 있었다.

두 번의 싸움에서 풍운을 제압하지 못한 이유를 알아냈기 때문이었다.

지금까지 풍운은 자신의 공력을 잔뜩 담은 공격을 빠른 경신술을 이용해 회피했다.

그러나…… 지금은 피할 수 없었다.

피했다가는 무림서생이 고스란히 맞을 테니까.

우우우우웅.

혈사제의 칼이 터질 듯 흔들리며 울음을 토했다. 어마어마한 공력이 주입되는 것이다.

무림인이 아닌 천류영이 봐도 지금 혈사제의 칼에 엄청난 힘이 스며들고 있음을 충분히 알 수 있었다.

'막으면 버티지 못하고, 피하면 무림서생이 당한다! 어떻게 할 것이냐? 풍운!'

한편 혈사제가 무서운 속도로 달려오는 것을 보고 준비

하던 풍운의 눈가가 일그러졌다.

혈사제가 노리는 것을 간파한 것이다.

"젠장!"

풍운은 입술을 짓이겼다.

천류영의 조언으로 회심의 한 수를 가졌다고 여겼다. 그런데 상대도 마찬가지였다.

문제는 상대의 노림수에 천류영이란 또 하나의 목표가 있었다.

'지금 내 내공으로는…… 제대로 된 공격을 한 번 정도밖에 펼칠 수 없어. 그런데 상대의 저 공격은…… 막기도 힘들뿐더러 막으면 내 공력이 바닥나 버려. 그렇다고 피할 수도 없고! 어떻게 하지?'

진퇴양난이었다.

그때 천류영이 피식 웃으며 불쑥 말했다.

"풍운, 고수 맞아?"

"……?"

"문제는 집중력이야."

5

갑자기 흘러나온 천류영의 힐난에 풍운은 벼락을 맞은 듯한 충격을 느꼈다.

천궁의 궁주이신 할아버지가 지겹도록 늘 했던 말씀이었다.

"집중하고 집중해라!"

"눈앞에 상대를 두고 어디에다 정신을 파는 것이냐?"

"무공 수준의 차이가 현저하지 않으면 결국 누가 더 집중력을 유지하느냐로 승패가 갈린다!"

천류영은 무공에 문외한이다.

그러나 그는 무공을 포함한 보편적 진리를 당황하고 있던 풍운에게 언급한 것이다.

세상의 위대한 성취나 기적은 어떻게 탄생하는가?

거대한 꿈, 뜨거운 열망, 확고한 목표, 불굴의 의지, 포기하지 않는 도전 정신 등등 많은 이유에 기인한다. 그러나 그 모든 것들은 결국 집중력을 수반해야 의미를 갖는다.

집중하지 않는 꿈과 열망, 목표, 의지, 도전 정신은 공염불일 뿐이다.

같은 의미로 절체절명의 순간에서의 집중력은 생과 사를 가른다. 승리와 패배를 구분 짓는다.

상대는 천마신교의 절정고수.

바늘구멍 같은 허점, 작은 흔들림이라도 보였다가는 단칼에 목숨이 날아갈 터!

상대가 전력을 다해 짓쳐 드는데 자신이 우왕좌왕 갈피를 잡지 못한다면 필패다.

'집중한다!'

풍운은 혈사제에게만 집중했다. 흔들리던 그의 눈동자가 제자리를 찾았다.

그러자 풍운의 머릿속에서 천류영이 지워졌다. 사방의 모든 소음이 귀에서 멀어지고 둘만 남았다.

풍운과 혈사제.

칼과 칼을 든 무인의 대결.

풍운도 앞으로 발을 내디뎠다.

자신이 지금 이곳에 있는 이유는 한 번의 공격을 하기 위해서였다.

그러기 위해 천류영과 대화를 나눴고, 동료들을 일부러 뒤에 처지게 해서 함정을 팠다. 그런데 정작 함정을 판 사람이 흔들려서야 말이 되는가!

풍운이 그렇게 혈사제에게 집중하는 순간, 혈사제의 미간이 일그러졌다.

풍운을 선택의 기로에 서게 만들었다.

그럼으로써 승기는 자신의 것이라 믿어 의심치 않았다. 그런데 무림서생의 한 마디가 상황을 백팔십도 바꿔 버렸다.

이젠 풍운이 아니라 자신이 선택해야 했다.

풍운을 상대할 것인지, 무림서생을 잡을 것인지.

'제길, 그렇다면 나는 원래대로 간다!'

심후한 내력으로 풍운을 튕겨 내고, 무림서생을 잡는다.

그런데…… 그것마저 여의치 않았다.

상황이 묘하게 뒤틀렸다.

풍운이 수비가 아니라 공격을 선택한 것이다. 놈의 칼날이 보여 주는 각도는 자신의 허리를 노리고 있었다.

혈사제는 입술을 질끈 깨물었다.

하필 중단 공격이라니.

풍운의 중단 공격은 다른 공격보다 훨씬 빨랐다. 그래서 이전의 대결 시 충돌보다는 회피를 선택했었다. 검으로 막다가 자칫 늦어지면 위험해질 수 있었기에.

혈사제와 풍운의 눈이 허공에서 부딪쳤다.

일검양단(一劍兩斷)!

혈사제는 상단에서 하단으로 내려찍는 종(縱)의 가르기. 풍운은 우에서 좌로 흐르는 횡(橫)의 베기!

집중과 배짱 싸움이다.

한 치라도 물러서면 주도권을 내주게 된다. 흔들리면 치명적 일격을 당할 위험이 컸다.

둘이 충돌하기 직전,

혈사제의 눈동자가 흔들렸다.

이건 결국 누가 더 빠르냐의 승부였다!

빠르기로는 풍운을 이기기 어렵지 않을까, 라는 불안감이 혈사제의 머릿속을 스쳤다.

정신이 번쩍 들었다.

왜 자신이 풍운과 칼의 방향이 어긋나는, 목숨을 건 빠르기 대결을 하고 있는 건가?

원래의 계획은 놈과 정면충돌해 튕겨 내는 것이 아닌가? 그러기 위해서는 자신도 풍운의 검을 따라 중단으로 칼을 휘둘러야 했다.

'더 늦기 전에……'

혈사제는 검의 방향을 슬쩍 바꿨다. 사선으로 풍운의

칼을 후려치려 함이다. 그러면서 불안해졌다.

너무 늦은 건 아닐까? 놈의 칼은 지독하게 빠른데.

혈사제의 집중력이 살짝 흐트러지는 순간에 또 다른 변수가 등장했다.

천류영이 아까 자신의 팔뚝에 박혔던 비수를 던진 것이다.

평범한 사람이 던진 하나의 비수.

위력이 없을뿐더러 빠르지도 않다.

급소만 아니면 그냥 맞아도 큰 부상은 아닐 것이다. 하지만 무시할 수도 없었다. 어쨌든 한창 혈기왕성한 청년이 전력으로 던진 것이다.

더 큰 문제는 이것을 전혀 예상하지 못했다는 점이다. 또한 그 뜻밖의 변수가 하필 풍운과 충돌 직전에 등장했다는 것이고!

'머리 쪽……'

혈사제는 비수가 자신의 머리를 향해 날아오는 것을 간파했다. 그것이 무의식에 불안감을 증폭시켰다. 운이 없다면 무공도 익히지 않은 풋내기의 비수에 머리를 맞아 즉사할 수도 있었다.

몸에 지시를 내리는 뇌는 솔직하다.

큰 위험이건, 작은 위험이건 목숨에 위협을 줄 수 있는 것은 똑같이 경계한다. 그리고 판단을 요구한다.

어떤 것을 먼저 처리할 것인지.

그리고 그 선택엔 시간이 소요된다.

물론 아주 찰나의 머뭇거림. 문제는…… 그 촌각이 대결에 치명적 영향을 줄 수 있다는 사실이었다.

그렇게 집중력이 깨진 혈사제의 허리에 풍운의 칼이 짓쳐 들었다.

세상에서 가장 빠른 검, 천섬.

삼장 삼절, 참벽검(斬霹劍).

벼락을 베는 검술.

슈가가가각!

파공성만 일고 검은 아예 보이지도 않았다.

원래는 허초를 가장한 실초를 쓰려 했다. 그러나 상황이 바뀌었다. 그 변한 전개에 맞춰 풍운은 집중했다. 천류영이 주문한 것이 바로 그것이었다.

당황하지 말고 집중하라고. 그럼 그 상황에 맞춰서 해야 할 일이 보일 것이라고!

혈사제의 검도 풍운의 칼을 향해 폭사했다.

천지폭류세(天地暴流勢).

하늘과 땅 사이의 모든 것을 거대한 힘으로 휘몰아친
다.

부우우웅!

두 절정고수의 전력을 다한 회심의 일 초가 펼쳐졌다.

"끄으으윽."

혈사제의 입에서 고통의 단말마가 흘러나왔다. 그의 칼
은 애꿎은 허공만 갈랐다. 그 검에서 쏟아져 나오는 무지
막지한 기운은 지척의 땅과 충돌해 시커먼 구멍을 만들었
다.

그리고 풍운의 칼은 먼저 혈사제의 허리를 쓸었다.

오로지 혈사제에게만 집중한 풍운의 공격은 단 한 번이
라는 것을 알고 있었기에 모든 것을 다 쏟아 냈다.

반면 혈사제는 집중력이 깨어지면서 평소보다 더 느려
졌다. 다른 사람들이 보기엔 별 차이가 없겠지만 상대는
그 미세한 틈을 놓칠 리 없는, 역시 절정고수인 풍운이었
다.

쏴아아아.

혈사제의 잘린 허리로 피분수와 창자들이 쏟아져 내렸
다. 하체와 분리된 상체가 기우뚱하더니 땅으로 고꾸라졌
다.

혈사제는 자신이 죽는 것을 알면서도 그 사실이 믿기지가 않았다. 이렇게 황당하고 허망하게 죽을 줄이야.

"이, 이건……."

그는 '이건 말도 안 돼!'라고 외치고 싶었다. 단 한순간도 자신의 죽음이 이리 덧없이 다가올 것이라고는 생각해 본 적이 없었다. 그러나 그의 절규는 목에 잠겨 나오지 않았다.

"하아아, 하아아……."

풍운은 쓰러진 혈사제를 보며 격한 숨을 뱉었다. 이번한 수에 남은 공력을 모조리 쏟아 냈기에 진이 빠졌다.

다리가 후들거리면서 식은땀이 흘러나왔다. 그리고 죽은 혈사제에게서 삼 장 거리 떨어진 땅에 박힌 비수를 보았다. 천류영이 던진 비수였다.

풍운은 시선을 비수에서 천류영에게 옮겼다. 천류영이 빙그레 웃으며 입을 열었다.

"우린 둘이었다고."

풍운은 쓴 미소를 지었다.

너무 기가 막혀서 아무 말도 나오지 않았다.

둘이라고?

절정고수끼리 싸우는 격돌의 순간, 무공을 익히지 않은

천류영이 이런 식으로 개입할 것이라 생각한 사람이 누가 있을까?

자신도 생각 못했으니 혈사제도 마찬가지였을 터다. 그러니 결국 허망하게 죽었고.

기실 절정고수 간의 대결은 일단 시작하면 제삼자가 쉽게 끼어들지 못한다. 그들의 신형과 병장기에서 뿜어져 나오는 기의 폭풍이 사납기도 할뿐더러, 괜한 참견은 아군이 위험해질 수 있기 때문이다.

그러나 방금과 같은, 최초의 충돌 전에는 누구나 개입할 수 있다. 각자의 기운이 폭발하기 전, 잔뜩 갈무리되는 순간이니까.

어느새 곁으로 다가온 방야철과 독고설 일행이 안도의 한숨을 뱉으며 미소를 머금었다.

천류영이 걱정 말라고는 했지만 혈사제가 달려들 때는 조마조마해서 심장이 터져 나갈 듯했던 것이다.

그리고 풍운을 비롯한 그들은 묘한 시선으로 천류영을 보았다.

지금 천류영은 책략가가 보여 주는 치밀한 심계와 임기응변이 아니라 담대한 무인만이 보여 줄 수 있는 배짱과 집중력을 드러낸 것이다.

모두가 천류영을 보며 무슨 말을 해야 할지 몰라서 고개만 절레절레 흔들었다.

그리고 지척까지 다가온 독고세가와 백호단이 함성을 질렀다.

"와아아아아! 적 수뇌부가 죽었다."

"마교의 장로를 해치웠다!"

"공격하라!"

그들의 고함이 전장의 공기를 뒤흔들었다.

천마신교 태상장로, 혈사제의 죽음.

그건 곤륜과 백호단을 뚫기 위해 안간힘을 쓰고 있던 사십여 마인들에게 청천벽력이었다.

당문세가를 점령하기 위해 사천 분타를 나선, 천칠백 명 중에서 가장 고강한 무인. 이번 출정에서 형식상 사령 관은 소교주 뇌악천이었지만 실제로 그들을 이끄는 것은 태상장로였다.

그런데 그분이 죽었다!

삽시간에 전의가 땅으로 떨어졌다.

반면 곤륜과 백호단의 사기는 충천해졌다.

"공격하라!"

한추광이 때마침 적을 막으라는 명을 바꿨다. 공격하라

는 것으로!

고밀한 역시 백호단원들을 독려하며 앞으로 발을 내디뎠다. 망연자실했던 마인들 서너 명이 정파인의 공격에 목숨을 잃었다.

마교도들은 어쩔 줄을 모르며 뒤로 물러났다. 그 뒤로 독고세가와 백호단이 들이닥쳤다.

"와아아아!"

함성이 끊임없이 퍼졌다.

어느새 이백여 정파인들이 두껍게 그들을 포위하고 두들겼다. 한 명, 한 명씩 줄어들던 마인들은 자연스럽게 원진을 형성해 필사적으로 칼을 휘둘렀다.

"막, 막아라!"

황마객 장로는 아연한 얼굴로 비명을 지르듯 명을 내렸다. 그러면서 전면의 정파인들 어깨 너머, 저 멀리에서 흘낏 보이는 동료 마교도들을 보았다.

소교주 뇌악천과 그 수하들.

"소교주우우우! 도와주시오!"

그의 간절한 염원을 담은 고함이 허공에서 길게 퍼졌다.

하지만 뇌악천은 물끄러미 그들을 보다가 고개를 저

었다.

수백의 당문인들까지 합류하고 있었다. 그리고 그들이 무형지독을 퍼붓는 장면이 시야에 들어왔다.

뇌악천은 몸을 돌렸다. 그리고 잠시 멈췄던 발을 뗐다. 더 이상 머뭇거리다가는 자신도 저 꼴이 날 수 있었다.

"무림서생, 오늘의 이 치욕을 잊지 않겠다. 언젠가 반드시…… 반드시 내 손으로 널 찢어 죽이고 말리라!"

뇌악천은 경공술을 펼치며 천류영을 향한 저주를 퍼부었다.

암담했다.

자신의 적극적 조력자인 태상장로가 그렇게 허망하게 갈 줄이야. 뇌악천은 당최 이 일에 대한 변명을 어찌해야 할지 엄두조차 나지 않았다.

그런 그 뒤로 정파인들의 함성이 더욱 커져 하늘까지 닿고 있었다.

싸움이 일시 멎었다.

무형지독이 살포되자 마교도들은 정파인들이 함성을 지르는 모습을 멍하니 보며 어깨를 축 늘어뜨렸다. 그러나 이내 머리와 몸을 뒤덮은 무형지독을 털어 내고는 이를 악물었다. 그런 그들의 눈빛은 오히려 더 생생하게 빛났다.

그 모습에 포위망 밖에 있던 방야철이 눈살을 찌푸리며 한숨을 뱉었다.

"휴우우. 이긴 싸움, 끝난 승부인데 아직도 피를 더 흘려야 한단 말인가!"

삼십여 마교 고수들이 목숨을 포기하고 결사항전의 모습을 보인 것을 지적한 것이다.

방야철의 말대로 싸움의 결과는 나왔다.

승리!

다만 피해는 확정되지 않았다. 저들은 한 사람이라도 더 저승길의 동무로 삼고자 할 테니까.

남궁수가 입맛을 다시며 고개를 주억거렸다.

"어쩔 수 없는 일이지요."

그때 천류영이 군선으로 귀밑머리를 긁적이며 낮게 대꾸했다.

"더 이상의 피해는 없어야겠지요."

남궁수가 천류영을 올려다보며 고개를 저었다.

"마교도들, 특히 마졸이 아닌 고수들은 어지간해서는 항복을 하지 않아."

천류영은 여전히 군선으로 머리를 긁적이며 대꾸했다.

"이럴 경우를 대비해 준비한 게 있습니다."

"……?"

"천마검의 흉내를 내보려고요."

방야철과 남궁수를 비롯한 주변의 인물들은 무슨 의미인지 몰라 눈만 껌뻑거렸다. 천마검의 흉내란 당최 무슨 뜻인가?

따각, 따각.

천류영이 말을 앞으로 몰았다. 그러자 풍운과 방야철이 그 옆으로 곧바로 따라붙었다.

천류영은 포위망 안으로 들어서며 황마객 장로를 향해 말했다.

"살고 싶습니까?"

그의 말에 정파인들이 함성을 멈췄다.

전장에 고요함이 찾아왔다.

천류영을 향한 정파인의 시선엔 경외와 감탄이 어렸고 마교도들의 눈빛은 증오와 원한이 가득했다.

모두가 천류영을 바라보는 가운데 황마객이 으르렁거리듯이 대꾸했다.

"대 천마신교의 마인은 목숨을 구걸하지 않는다!"

천류영은 정파인들의 포위를 조금 뒤로 물리게 한 뒤에 품속에서 작은 목궤를 꺼내며 말을 이었다.

"이게 뭘까요?"

"……?"

"이 안에는 무형지독의 해독제가 있습니다. 병장기를 버리고 항복한다면 당신들은 살 수 있습니다."

황마객의 눈동자가 흔들렸다. 그러나 그는 고개를 저으며 비웃었다.

"흥! 우리를 인질로 잡아 정보를 알아내기 위해 고문이라도 하고 싶은 것이냐? 덤벼라. 네놈들 한 명이라도 더 저승길의 동무로 삼아 주마."

삼십여 마인들이 표독스러운 표정을 지었다.

그들은 모두 자존심 강한 고수들이었다.

이미 살기는 글렀으니 최후까지 분전을 하리라 결심했다. 황마객 장로의 말처럼 인질이 되어 고문을 받다가 죽는, 볼썽사나운 최후만큼은 사절이었다.

황마객은 천류영을 뚫어지게 보며 말했다.

"크크크. 앞으로 우리에게 남은 시간은 일각에서 이각이겠지. 기대해도 좋다. 삶을 포기한 우리가 너희들의 목을 얼마나 잘라 줄지!"

천류영이 눈살을 찌푸리며 손사래를 쳤다.

"우린 당신들을 고문할 생각이 없습니다. 우리는 당신들을 잠시 인질로 데리고 있다가 나중에 적당한 시기에 풀어 줄 겁니다."

"지금 그따위 거짓말을 내가 믿을 것이라 생각하는 것이냐?"

황마객은 붉게 충혈된 눈으로 빽 소리를 질렀다. 그의 신형에서 살기가 뭉클뭉클 피어올랐다. 삼십여 고수 주변으로도 상당한 무형의 기운이 피어올랐다.

정파인들은 그들의 마지막 저항에 긴장하며 병장기를 다시 힘껏 잡았다.

그것을 보며 방야철과 남궁수는 고개를 저었다.

천류영은 아직 제대로 알지 못했다.

무사들에게 자존심이란 것이 얼마나 중요한 것인지. 또한 고수들이라면 자존심을 지키기 위해 기꺼이 죽기도 한다는 것을.

잠시 멈췄던 전장이 다시 뜨겁게, 마지막으로 달아오를 준비를 마쳤다.

천류영은 당장이라도 달려들 듯한 황마객을 향해 차분하게 말했다.

"솔직히 말하죠. 나는 당신들이 죽기로 달려들면 우리의 피해도 적지 않게 생길 것을 압니다. 그리고 나는 더이상 아군에 단 한 명의 사상자도 없기를 바랍니다."

황마객은 천류영의 솔직한 대꾸에 황당해하다가 콧방귀를 꼈다.

"흥! 네놈은 지금 시간을 끌려는 것이지? 그래서 우리가 무형지독에 죽어 가기를……."

황마객은 놀라 말을 잇지 못했다.

천류영이 들고 있던 목궤를 앞으로 던진 것이다.

그 목궤는 황마객과 마인들 앞에 툭 떨어졌다. 그러면서 뚜껑이 열려 안에 있던 갈색의 환약들이 모습을 드러냈다.

천류영이 진지한 표정으로 말했다.

"자, 이 정도면 내 진심을 보였다고 생각합니다. 시간을 끌려는 게 아니란 말입니다."

"……."

"당신들은 모두 고수입니다. 그런 당신들 삼십여 명을 죽이느라 우리 역시 적지 않은 피해를 입을 겁니다. 이제…… 그만하지요."

한편 독고세가와 곤륜의 많은 이들은 당황한 표정을 얼

굴에 숨기지 못했다.

수뇌부와 그 측근을 제외한 이들에게는 굳이 무형지독이 가짜라는 것을 알리지 않았기 때문이었다.

그들은 무림서생과 당문 가주가 짜고 무형지독을 빼돌렸다고 믿고 있었다. 그렇기에 왜 해독약을 주는지 이해할 수 없다는 표정을 지었다.

비밀을 아는 수뇌부나 백호단 그리고 당문인들도 지금 천류영의 언행이 곤혹스럽기는 마찬가지였다.

그렇게 정파인들이 고개를 갸웃거리며 술렁였다.

그 모습은 마인들을 더욱 당황스럽게 만들었고 말이다.

천류영이 황마객을 향해 말했다.

"싸움은 끝났습니다. 오늘의 승리로 당신들은 사천에서 물러나게 될 겁니다. 그런데 더 이상 서로 피를 흘릴 이유가 있습니까?"

황마객은 정파인들의 눈치를 보며 재빨리 목궤를 집어 들었다. 그리고 환약을 삼키며 목궤를 공중으로 던졌다.

쏟아지는 환약들을 마교의 고수들은 잡아채며 입에 넣었다.

그들의 입가에 비릿한 미소가 어렸다.

황마객은 천류영을 보면서 조소했다.

"크크큭. 네놈의 머리는 뛰어나나 마음은 여리구나."

마인들은 황마객의 말에 모두 동의한다는 낯빛으로 고개를 주억거렸다.

무림서생은 무인이 아니었다. 그저 책사일 뿐이었다. 그것도 이제 강호에 갓 출도한 신출내기였다.

그들이 천류영을 보는 표정은 한심하다는 것이었다.

황마객은 칼을 힘껏 쥐고 말했다.

"이제 무형지독을 두려워할 필요가 없다. 포위망을 뚫자!"

"존명!"

천류영이 화난 음성으로 곧바로 대꾸했다.

"꼭 피를 봐야겠다는 겁니까?"

황마객이 비릿한 미소를 머금고 일갈했다.

"대 천마신교의 마인은 결코 항복하지 않는다. 끝까지 싸워……."

천류영이 고개를 저으며 그의 말허리를 끊었다.

"사실 무형지독, 가짭니다."

그의 말에 황마객과 마인들의 얼굴이 순간 멍청해졌다. 아직 진실을 모르는 정파인들도 크게 당황했다.

천류영은 약 반 각에 걸쳐 이 싸움의 진실에 대해 설명해 주었다. 그 설명이 이어지는 내내 아무도 움직이지 못했다.

진실을 깨달은 마교도들은 허탈해하면서 충격에 빠졌고, 반면 정파인들은 연신 감탄에 감탄을 거듭했다.

천류영은 진실을 설명한 후, 빙그레 웃었다.

"이제 시간이 됐군요."

황마객이 속은 것이 너무 원통해 몸을 떨다가 물었다.

"무림서생, 너 이 개자식! 감히 우리를……."

"시간이 됐다 했습니다."

황마객은 뒷목을 움켜잡고 버럭 윽박질렀다.

"무슨 시간 말이냐?"

"궁금하지 않습니까?"

"……?"

"무형지독이 가짜인데, 당신들이 먹은 해독약은 대체 무엇일지 말입니다."

황마객은 말문이 막혔다.

너무 충격적인 진실이 드러나면서 그것을 깜빡하고 있었다. 천류영이 특유의 중저음으로 낭랑하게 설명했다.

"그거 당신들이 청성파를 공략할 때 썼다는 산공독인 신선폐입니다."

"……!"

"이제 시간이 얼추 되어 효과가 있을 겁니다."

6

목궤 안에 있는 환약의 정체를 몰랐던 정파인들은 그제야 '아!' 하는 탄성을 뱉으며 입을 쩍 벌렸다. 이런 상황까지 예상하고 신선폐를 챙긴 천류영이 기가 막힐 지경이었다.

모용린도 얼이 빠진 얼굴로 백마 옆에서 천류영을 보다가 고개를 떨어뜨렸다.

자신들에게 건네준 신선폐의 해독약을 구하면서 신선폐도 구했을 것이리라. 그리고 이 독을 이런 식으로 써먹을 줄이야.

천류영의 치밀함에 다시 소름이 돋았다. 정말이지 이렇게까지 사람이 용의주도할 수 있다는 것이 믿기지 않았다.

방야철, 남궁수 그리고 팽우종은 실소를 뱉으며 고개를 저었고, 장득무와 화가연은 턱을 밑으로 떨어뜨렸다.

조전후는 '역시 천 공자!' 라는 말을 연신 외쳐 댔고,

독고설은 잔잔하고 흐뭇한 미소로 천류영을 올려다보았다.

한편 신선폐로 인해 사문이 무너진, 청우 율사와 청성인들은 눈시울을 붉히며 이를 악물었다. 눈물이 쏟아질 것 같았다.

그렇게 모든 이들이 여러 가지 감정으로 천류영을 주시했다.

천류영은 황마객과 마인들을 보며 말했다.

"굳이 계속 싸우겠다면 말리지 않겠습니다."

황마객의 눈이 뒤집혔다.

"너…… 이 개자식!"

그는 당장에 앞으로 달려가 천류영을 쳐 죽이고 싶었다. 놈의 살을 씹어 먹고 싶었다. 그러나 발목이 잘린 그는 그럴 수가 없었다.

조금 전부터 단전에서 나오는 공력이 간간히 끊기는 것을 알고 있었다. 그래서 발목 잘린 다리가 중심을 잡기가 어려워졌었다. 그러나 황마객은 그런 현상이 천류영이 말하는 충격적인 진실을 들으면서 놀라 그런 것이라 여겼었다. 그뿐만 아니라 다른 마인들도 마찬가지였다.

무형지독이 가짜라는 사실에 경악했기에 끌어 올리고

있던 내공에 이상 현상이 잠시 나타났다고만 생각했다.

그런데 신선폐에 당한 것일 줄이야.

마인들의 안색이 창백하게 질려 갔다.

한 사람에게 이렇게까지 농락당할 수 있는가? 어떻게 이렇게까지!

그들 앞으로 청성인들이 나섰다. 청우 율사는 천류영을 향해 장읍을 하고는 말했다.

"사령관. 이제야 제대로 된 인사를 하게 되었구려. 청성파의 청우 율사라고 하오. 이들을 우리에게 맡겨 주시오."

천류영이 난감한 낯빛으로 미간을 찌푸렸다.

"저들은 싸울 수 있는 처지가 아닙니다. 굳이 그렇게까지……."

청우 율사가 고개를 완강하게 흔들었다.

"마교도들은 그런 우리의 스승님과 사형제들을 도륙했소!"

"……."

"비록 사령관이 속이긴 했지만 저들은 사령관이 건네준 해독약을 받자마자 곧바로 이빨을 드러냈소. 저런 짐승들에게 관용이 필요합니까? 사령관! 복수를 허락해 주시오!"

천류영은 입술을 꾹 깨물었다. 자신이 도산겁림의 무림에 들어선 것을 실감했다. 그가 아무 말도 못하고 머뭇거리자 청우 율사가 재촉했다.

"사령관이 없어 우리가 졌다면 죽는 것은 우리가 되었을 것이오. 이건 전쟁이란 말이오!"

천류영은 말없이 황마객과 삼십여 마인을 보았다. 그들은 전의를 완전히 상실한 얼굴이었다. 단전의 공력을 끌어 올리려 해 보아도 아무 소용이 없다는 것을 깨닫고 있었다.

정파인들 모두가 묵묵히 천류영을 보았다. 그들 모두가 저들을 죽이라고 말하고 있었다. 왜냐하면 그들 역시 친했던 동료와 사형제들이 저 마교도들에 의해 죽었기 때문이었다.

천류영은 쓴웃음을 머금고 고개를 끄덕였다.

"그렇군요. 이건 전쟁이지요."

자신도 잘 알고 있었다.

전쟁은 원래 이렇다는 것을.

피도 눈물도 없는 비정한 것임을.

청우 율사가 눈에 빛을 내며 말했다.

"고맙소, 사령관."

"다만 한 가지 부탁이 있습니다."

"말하십시오."

"사천 분타에서는 감정에 치우쳐 피가 흘러선 안 될 겁니다."

"……."

"그곳엔 아직 수백의 많은 적들이 있습니다. 그들 모두를 죽이려면 아군의 피해도 적지 않을 겁니다."

"사령관의 말은……."

"예. 그들에게 생로를 열어 주려 합니다. 그렇게 해서 우리는 무혈입성 할 수 있을 것입니다."

청우 율사의 입가에 미소가 맺혔다.

"알겠소. 사령관의 말에, 아니, 명령에 따르겠소."

황마객이 멍하니 그들의 대화를 듣고 있다가 빽 소리를 질렀다.

"무림서생! 네놈의 간악한 사기극에 본교의 최정예 고수들이 허망하게 죽었다는 말이냐? 네놈 때문에! 어떻게? 어떻게 그럴 수가! 크흐흐흑."

그는 부르르 몸을 떨었다.

어차피 살기는 글렀음을 깨달았다. 그러자 억울하고 분

통이 터져 미칠 것만 같았다. 청성인들의 칼에 죽기 전에 가슴속에 이는 천불로 인해 타 죽을 것 같았다.

저놈! 저놈만 없었으면!

청성인들 옆으로 당철현이 당문의 고수들과 함께 나섰다. 그리고 청우 율사에게 말했다.

"우리 당문도 이놈들에게 빚을 다 못 갚아서 말이지."

그의 말에 청우 율사는 고소를 삼켰다.

오랫동안 견원지간이었던 사이다. 그런데 지금 당문이 자신들을 돕겠다는 말을 하는 것이다.

마교도들이 공력을 쓰지 못하더라도 고수들이다. 허투루 상대하다가 큰코다칠 수도 있음이었다.

청우 율사가 고마운 표정으로 답했다.

"알겠습니다. 그리고 고맙습니다, 독수 어르신."

마교도들을 향해 당문과 청성인들이 다가들었다.

그 모습을 물끄러미 보던 천류영은 백마의 말머리를 돌렸다. 그리고 비명이 이는 곳을 뒤로하고 빠져나왔다.

어느새 그의 곁으로 아까 함께 싸웠던 풍운과 방야철 일행 중 청성인만 빠지고 몰려들었다. 그들 중 독고설이 걱정스러운 기색으로 물었다.

"천 공자, 마음이 언짢으세요?"

천류영이 피식 웃으며 고개를 저었다.

"아닙니다. 청우 율사님의 말씀이 옳아요. 원래 전쟁은 이런 것이니까요. 작은 인정이 커다란 재앙으로 돌아오는 것이지요."

"……."

"제가 잠시 무림에 들어왔다는 것을 잊었습니다."

그들은 침묵했다.

그리고 이내 마교도들과 청성, 당문의 싸움이 끝나면서 비명이 잦아들자 독고설이 다시 말했다.

"그런데 부상은?"

"많은 분들이 염려해 주신 덕분에 괜찮습니다."

"다행이에요. 정말 다행이에요."

"예, 고맙습니다."

독고설은 천류영의 쓸쓸한 표정을 보면서 뭔가 위로의 말을 건네고 싶었다. 그러나 무슨 말을 해야 할지 알 수가 없었다.

이 살벌한 무림에 그를 인도한 것은 자신이었으니까.

천류영이 말했다.

"잘 모르겠습니다. 제가 잘하고 있는 건지."

"……."

"저들을 살리려면 살릴 수 있었습니다. 굳이 죽일 필요가 없는 상황이었으니까요."

방야철이 한숨을 흘리다가 대꾸했다.

"하지만 청성에게는 복수가 필요했네. 무림은…… 그런 곳이지. 복수가 복수를 잉태하는……. 칼과 피가 난무하는 곳이네. 약해 보이면 서로 물어뜯는 곳이야."

천류영은 아침의 서늘한 공기를 한껏 들이마시며 고개를 주억거렸다.

"압니다. 하지만 언젠가는…… 칼로써 피만 부르는 것이 아니라 명예와 책임감을 말하는 날이 올 수 있지 않을까요?"

화가연이 눈을 동그랗게 뜨고 반문했다.

"예? 명예와 책임감이요?"

"예, 무인의 명예와 책임감 말입니다. 원래 무인들은 그것을 꿈꾸는 것 아닙니까?"

그의 말에 독고설이 쓴웃음을 지었다.

"그렇죠. 저도 칼을 처음 배울 때 무사로서의 명예와 책임감에 대해서 귀가 따갑게 들었으니까요. 협의지심(俠義之心). 맞아요. 하지만…… 현실은 그렇지 못하죠. 약육강식이 현실이죠."

천류영은 푸른 허공을 물끄러미 보며 말했다.

"현실이 그래도 해 보고 싶습니다. 제 꿈은 거기에 있으니까요."

"······?"

"민초들이 무인들을 두려워하는 것이 아니라 존경하는 날이 오게 노력하고 싶습니다. 군림하는 것이 아니라 더불어 사는 것임을 보여 주고 싶습니다."

"······."

"빼앗고 죽이기 위한 칼이 아니라 살리고 지키는 칼. 너무 이상적인 말일지는 몰라도 그게 옳은 게 아닙니까?"

남궁수가 피식 웃고 말했다.

"사령관. 그대는 지금도 그렇게 하고 있어. 당문을 지키기 위해 목숨을 걸었잖아."

방야철이 고개를 끄덕이며 동조했다.

"맞네, 천 공자. 그대는 지금 쳐들어온 마교와 흑천련의 마수에서 정파와 사천 땅을 지켜 냈네. 자네가 없었다면 훨씬 더 많은 피가 흘렀을 거야."

천류영은 자신을 위로하는 주변의 이들을 훑고는 어깨를 으쓱거렸다.

생각이 많아졌다.

자신 역시 그렇게 믿고 움직였다. 그런데 과연 그런 것일까, 라는 회의가 자꾸 들었다.

천마검 백운회라면…… 그 사람이 무림의 제왕이 된다면 어떨까? 그렇다면 지금보다는 조금 더 나은 세상이 오지 않을까?

문뜩 그가 부러웠다.

스스로의 길을 전혀 의심하지 않고 확신하며 앞으로 나아가는 그가.

풍운이 불쑥 말했다.

"형님이 아까 저한테 말했잖아요."

"응?"

"집중하라고."

"……."

"형님이 하고 싶은 일을 하세요. 그것에만 집중하세요. 의심하지 마시고요. 지금까지 해 왔던 것처럼."

"……."

"저는 그런 형님이 좋아서 칼을 쓴 거라고요."

천류영의 입가에 미소가 깃들었다.

"그렇구나. 고맙다."

"예. 하다가 안 되면 되게 하세요. 형님은…… 그럴

능력이 있어요."

"하하하. 네가 내 얼굴에 금칠을 하는구나."

천류영이 어색해 웃음을 터트리자 풍운이 정색했다.

"농담 아닌데요."

"……."

"형님이 꿈꾸는 것을 향해 가 보세요. 나도 그 옆에서 끝까지 가 볼 생각이니까. 형님이 초심만 잃지 않는다면 나는 계속 형님 옆에 있을 거예요."

독고설이 고개를 끄덕이며 말을 받았다.

"나 역시 계속 옆에 있겠어요."

조전후가 환하게 웃었다.

"크하하하. 내가 빠지면 섭섭하지."

남궁수와 방야철도 미소를 지으며 고개를 주억거렸다. 그러자 장득무가 손뼉을 치며 외쳤다.

"비검 장득무, 천류영 형님을 믿습니다."

화가연이 그런 사형을 보면서 한숨을 쉬다가 놀라 말했다.

"사형! 허벅지에 비수가!"

"하하하. 이 비수로 말할 것 같으면 내가 우리 사령관님의 목숨을 구하기 위해 몸을 날리며 얻은 영광의 상처다!"

"그런데 왜 빼지 않고? 어서 빼고 붕대로……."

"이 비수로부터 사령관님을 지키다가 얻은 상처야."

"알겠어요. 그러니 어서 치료를……."

"정말 위험한 순간이었다. 하지만 나는 다리를 힘껏 뻗었지. 내가 막지 못하면 사령관이 죽을 수도 있는 아주 절체절명의 순간이었거든."

"……."

그 순간 화가연은 사형이 이 일을 자랑하기 위해 지금껏 비수를 뽑지 않았을까 하는 의심이 들었다.

"사매, 그리고 여러분. 저는 그때 허공에 몸을 띄운 상태였습니다. 여러분들은 앞의 적들과 싸우느라 못 보셨겠지만 저는 뒤에서 정말 수백여 개의 날아오는 비수를 쳐내느라……."

화가연은 의심이 아니라 확신을 했다. 그리고 고개를 숙였다. 사형이 부끄러워 얼굴을 들 수가 없었다.

침묵하던 모용린이 나섰다.

"사령관, 이제 사천 분타로 가야지요?"

모용린을 보며 장득무가 입맛을 다셨다. 하고 싶은 말이 아직 많이 남았는데.

독고세가, 곤륜, 백호단, 당문, 청성.

그들이 모두 천류영을 향해 다가오고 있었다.

천류영이 상념을 접고 힘차게 답했다.

"예, 가야지요. 길었던 싸움의 종지부를 찍어야지요!"

흑랑대를 비롯해 북쪽으로 피한 흑도인들은 사천 분타까지 당도하기에 적지 않은 시간을 필요로 했다.

그리고 자신들은 직진해 나아가 먼저 그곳에 당도할 것이었다.

천류영은 정파인들을 이끌고 앞으로 나아갔다.

중간에 노심초사하다가 척후를 보냈던 현무단주와 그 일행들과도 합류해 사천분타로 향했다.

그리고 한 시진 반 후.

그들은 마침내 사천 분타에 당도했다.

사천 분타에 있던 흑도인들은 이미 전서구를 통해 당문에서 대패한 사실을 알고 있었다. 몽혈비 장로가 청성의 천마검에게 전서구를 띄우면서 사천 분타에도 보냈기 때문이었다.

비상경계에 돌입해 있던 그들은 수뇌부와 일행들이 아닌 정파인들이 몰려오는 모습에 대경했다.

일천칠백의 최정예로 이뤄진 막강한 전력의 정예가 저

들에게 몰살당했다고 생각할 수밖에 없었다.

그렇다면 남은 것은 후퇴뿐이었다.

수뇌부가 사라진 사천 땅에서 자신들만 남아 있어 보아야 희망은 없었다.

게다가 당문인들이 마지막으로 모습을 드러내자 덜컥 겁에 질렸다. 자신들도 무형지독에 의해 죽게 될 것이란 공포에 그들은 아직 포위망이 형성되지 않은 서쪽으로 부리나케 빠져나갔다.

무혈입성(無血入城)!

난공불락의 사천 분타를 천류영 일행은 그렇게 피 한 방울 흘리지 않고 수복했다.

"와아아아아!"

사천 분타에 마교의 깃발이 아닌 무림맹의 깃발이 내걸렸다. 그것을 보면서 모든 정파인들이 함성을 질렀다.

이제야 자신들이 승리했다는 느낌이 현실로 다가왔다.

펄럭이는 무림맹 깃발을 보며 정파인들은 하나가 되어 환호했다. 그리고 그 함성에 천류영을 외치는 소리가 끊이지 않았다.

*　　　　*　　　　*

천류영은 무림맹 사천 분타의 회의실에 홀로 앉아 있었다. 밖에는 아직까지 뛰어다니며 승리의 기쁨을 만끽하는 사람들이 수두룩한데 그의 표정은 이상하게 어두워 보였다.

그때 회의실의 문을 열고 한 여인이 들어섰다.

빙봉 모용린이었다.

"여기 있었군요."

천류영은 그녀를 보고 자리에서 일어섰다. 그러자 모용린이 평소의 차갑고 딱딱한 얼굴 위로 흐릿한 미소를 지으며 손을 내저었다.

"그냥 계세요."

"아, 아닙니다."

천류영이 고개를 숙이며 말을 이었다.

"유명하신 빙봉을 보고도 경황이 없어 정식으로 인사를 못 드렸습니다."

모용린이 그의 맞은편 의자에 앉으며 목례로 답례하고는 대꾸했다.

"오늘 이후로 나보다 사령관이 더 유명해질 걸요?"

"설마요."

천류영이 말도 안 된다는 표정을 지으며 다시 자리에 앉았다. 모용린이 마주 보며 말했다.

"농담 아닌데. 사령관은 자신이 얼마나 엄청난 일을 해 냈는지 체감을 못하는군요. 사령관이 아니었다면 지금 이 곳에 있는 사람들은 대부분 죽었을 것이고, 사천 땅은 저 들에게 넘어갔을 겁니다."

"과찬이십니다. 운이 좋았을 뿐이죠."

천류영은 머쓱한 표정을 짓고 뒤통수를 긁적였다. 그리 고 그는 진심으로 그렇게 생각했다.

천마검 백운회가 사령관이었다면 그는 분명 무형지독 의 진실을 간파했을 터였다. 그리고 흑랑대주가 사령관이 었어도 아주 어려운 싸움을 했을 것이 자명했다. 그는 무 형지독이 진짜라도 공격령을 내렸을 인물이었다.

물론 지휘관이 그 둘 중 하나였다면 다른 전술로 싸웠 을 것이다. 하지만 분명한 건 지금처럼 대승은 결코 없었 을 것이라는 점이었다.

그렇기에 천류영은 정말 운이 좋았다고 내심 수십 차례 안도했었다.

하지만 이런 천류영의 모습은 모용린에게 황당함으로 다가들었다.

일부러 지나친 겸양을 떨어 자신을 돋보이게 하려는 모습은 아닌가, 하는 의심마저 들었다.

정말 이 사람이 전장에서 아군과 적군을 가리지 않고 압도적인 위압감을 보여 주던 사람이 맞는지 헷갈릴 정도였다.

그녀는 이내 정색하고 말을 이었다.

"좀 전에 흑랑대와 소뇌음사, 사황궁 그리고 마교의 패잔병들이 근처까지 왔다가 무림맹 깃발을 보고는 놀라 도망갔어요."

천류영은 당연하다는 듯이 담담한 표정으로 말을 받았다.

"예, 그랬겠지요."

그리고 잠시 정적이 흘렀다.

그 묘한 침묵이 불편해 천류영이 말문을 열었다.

"그 말을 전하러 온 것은 아닐 것 같은데, 따로 제게 하실 말씀이라도 계십니까?"

모용린이 고개를 끄덕였다.

"예."

"……"

"천마검 백운회에 관한 얘기예요."

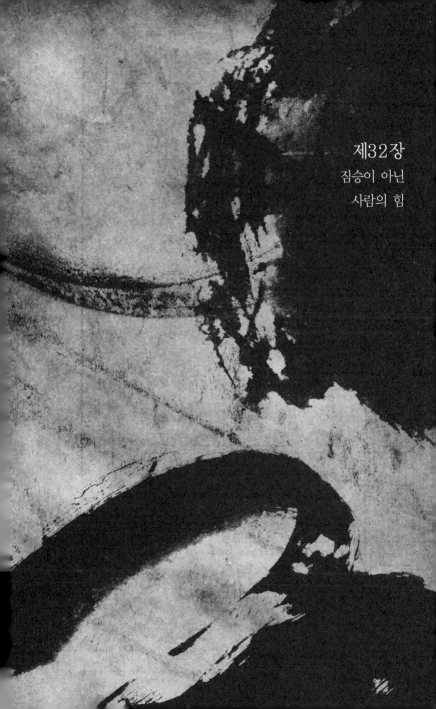

제32장
짐승이 아닌
사람의 힘

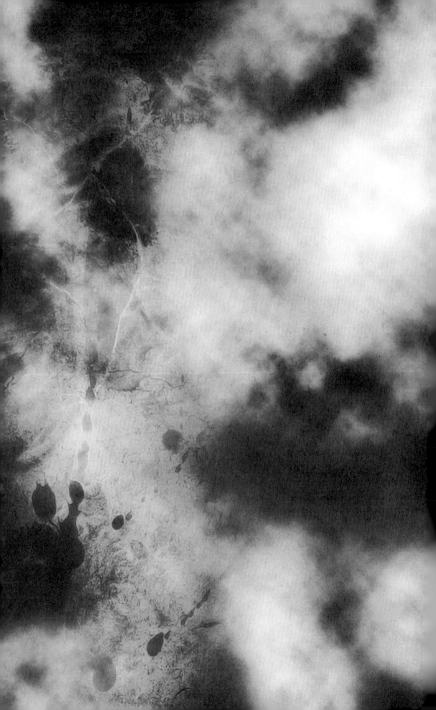

1

모용린이 천마검을 언급하자 천류영의 얼굴이 굳었다.
그리고 그녀가 무슨 말을 하려는지 알 것 같다는 표정을
지었다.

"역시 그 얘기군요."

그의 말에 모용린의 눈에 이채가 스쳤다.

"사령관도 짐작하고 있었다는 말이네요."

"……."

"나는 청성산에서 천마검을 아주 잠깐 보았어요. 하지

만 그는 나로 하여금 많은 생각을 하게 만들었죠. 사령관
도 지난번 전투에서 그를 보았다고 들었어요."

천류영이 고개를 주억거리며 답했다.

"예."

그리고 속으로 말했다. 그를 아주 오래전에도 만났었다
고. 모용린은 천류영을 직시하며 특유의 차가운 어조로
말했다.

"천마검은…… 결코 이대로 물러날 자가 아니라고 생각
해요. 그리고 그가 건재한 이상 이 싸움은 아직 끝난 게
아니라고도 생각하고요. 그는 분명…… 어떻게 해서든 반
전을 노릴 거라는 게 내 예상이에요. 어떻게 생각하세요?"

기실 모용린은 누군가에게 자문을 구하는 사람이 아니
었다. 그녀의 자존심이 허락하지 않기 때문이다.

그리고 굳이 자존심이 아니더라도 그녀는 스스로 판단
할 능력을 갖춘 뛰어난 인재였다.

그런 그녀가 천류영에게 의견을 묻고 있었다. 만약 다른
사람이 보았다면 있을 수 없는 일이라며 놀랐을 것이다.

그러나 천류영은 별 생각 없이 고개를 끄덕였다.

"예, 빙봉의 의견에 전적으로 동의합니다."

다시 침묵이 둘 사이로 내려앉았다. 모용린은 입술을

열었다 닫기를 반복하며 한참의 시간을 소요하다 말을 꺼냈다.

"그가 전면으로 나서서 우리를 향해 올 겁니다. 그리고 그가 직접 나서면…… 아마 아주 어려운 싸움이 될 거라고 생각해요."

"예."

"천랑대에는 그를 제외하고도 절정고수만 다섯 명이 있다고 들었어요. 천랑오마! 한 명, 한 명이 상당한 실전을 경험한 진짜 무서운 마두들이라고. 그리고 천마검이 함께 나서는 천랑대는 패배한 적이 없죠."

그녀는 천마검과 천랑대에 관한 풍문을 말했다. 예전에는 부풀린 소문에 불과하다고 웃어넘겼지만 이제는 그렇지 않았다.

천류영은 여전히 기계적으로 고개를 끄덕이며 맞장구를 쳤다.

"그렇지요."

모용린의 미간이 찌푸려졌다.

왠지 천류영의 말투가 심드렁하게 느껴졌다. 다 알고 있는 것을 뭐하러 말하냐는 것 같기도 했고, 대화를 나누며 뭔가 다른 생각을 하고 있는 것처럼도 보였다.

"사령관. 지금 제 말을 듣고 있는 건가요?"

그녀의 목소리가 올라가자 천류영이 눈을 동그랗게 떴다가 미안한 표정을 지었다.

"아! 죄송합니다. 그냥 이런저런 생각이 들어서. 하지만 빙봉께서 하시는 말씀은 듣고 있었습니다."

"이런저런 생각이요? 그게 뭐죠?"

천류영이 난감한 기색을 드러내면서 입맛을 다시다가 말했다.

"빙봉께서 무슨 말씀을 하려는지 알기 때문입니다."

"그래요?"

"빙봉의 말씀대로 천마검은 대단한 장수입니다. 그러니 저보다는 당연히 빙봉께서 사령관의 자리에 계셔야지요."

모용린이 눈을 빠르게 껌뻑였다.

그 영민한 두뇌가 지금 천류영이 무슨 말을 하고 있는지 이해를 못하고 있었다. 그러다가 그녀는 자신도 모르게 눈을 화등잔만 하게 떴다. 그제야 천류영이 지금까지 자신에게 보여 준 언행이 이해가 되었다.

어처구니가 없었다.

이 남자.

정말 자신의 존재감에 대해 이렇게 무지할 줄이야!

너무 기가 막혀 헛웃음이 잇새로 흘러나왔다.

천류영을 사령관의 자리에서 끌어내리고 자신이 오른다고?

어느 누가 그것을 용납할까?

독고세가? 곤륜? 현무단주나 백호단주? 청성? 당문?

아무도 받아들이지 않을 것이었다.

뭔가 자신을 놀리는 것은 아닐까, 하여 부아까지 치밀 지경이었다.

천류영은 심각한 얼굴로 계속 말했다.

"하지만 저는 지금까지 여기 계신 분들과 호흡을 맞춰 왔습니다. 그러니 저도 빙봉 옆에서 도움이 되고 싶습니다."

모용린은 순간 천류영이 단순히 자신의 존재감에 무지하거나 자신을 놀리는 것이 아니라는 것을 깨달았다.

이 사람은 진심이었다.

불과 얼마 전까지만 해도 표국에서 짐을 나르던 쟁자수. 그러면서 많이 보고, 듣고 경험했을 것이다.

능력이 있어도 일정 이상의 지위 상승이 어렵다는 것을 말이다. 무언가를 성취해 내도 그 것을 자신의 공으로 낚아채 가는 윗사람들이 얼마나 많은가!

무림이 다른 사회에 비해 관대하다고 해도 역시 위로 올라가면 갈수록 출신과 신분을 따지는 것은 마찬가지였다.

"사령관."

"예, 빙봉."

"사령관은 당신입니다."

"예, 압니다. 하지만 빙봉께서 여기 계시니 이제부터는……."

"저는 이미 당문에서 합류했습니다."

"그때야 끼어들기가 어려운 상황이었으니……."

모용린은 손사래를 치며 천류영의 말허리를 끊었다.

"정말 자존심 상해서 이런 말하기 싫은데, 예전에 나 같았으면 결코 하지 않았을 말인데……. 당신이 나보다 나아요. 당신이 없다면 모를까 이렇게 사지 멀쩡하게 잘 있는 이상 사령관의 자리는 내 것이 아니란 말이에요."

"아……."

천류영은 탄식 같은 묘한 탄성을 낮게 흘리며 모용린을 뚫어지게 보았다. 그의 시선을 마주하며 모용린이 평소 그녀답지 않은 짙고 따스한 미소를 지었다. 그가 더 이상 오해하지 않게 만들기 위해서.

"나는 당신이 나보다 책사로서나 사령관으로서나 모두

낫다는 것을 인정해요. 그러므로 사령관은 당신이어야만 합니다. 당신이 아닌 그 어떤 누구도 나는 인정하지 못해요. 그리고 그건 나뿐만 아니라 이곳에 있는 모든 사람들이 그렇게 생각하고 있어요."

"……."

"그런데 내가 사령관 자리를 내놓으라고 강탈을 부린다면 어떻게 될 거 같아요? 개망신만 당하겠죠. 자, 이제 이 얘기는 그만하죠. 휴우우…… 조금 황당하네요. 천마검에 관해 의견을 나누려고 했는데 느닷없이 사령관 자리라니."

그녀는 손을 들어 이마를 짚고는 다시 생각해도 어이가 없다는 듯이 실소를 머금고 고개를 저었다.

그러자 천류영이 모용린을 보며 말했다.

"빙봉께서는 좋은 분이시군요."

"예?"

모용린은 당황해서 눈을 치켜뜨며 천류영을 보았다. 그러자 천류영이 싱긋 웃으며 낭랑하게 말했다.

"우군사 빙봉은…… 한 번 본 것은 잊지 않는 천재로, 자존심이 하늘을 찌를 듯 높고 총군사를 포함한 극소수의 사람을 제외하고는 누구도 인정하지 않는다는 소문을 들은 적이 있습니다."

모용린의 눈꼬리가 파르르 떨렸다. 자신도 모르게 침을 꼴깍 삼켰다.

천류영의 말은 진실이었다. 그리고 그녀는 그것을 부끄럽게 여긴 적이 없었다. 왜냐하면 자신은 그럴 만한 자격을 갖춘 인물이니까.

그러나 천마검을 만나고 또 천류영을 보면서 자신이 얼마나 한심한 지 깨달았을 뿐이다.

그야말로 우물 안 개구리였단 사실을 알고는 그동안 천하제일의 두뇌를 가졌다고 과시하던 것이 부끄러워 죽고 싶을 지경이었다.

"아, 아뇨. 나는 소문과 다르지 않아요. 나는 아주 차가운 인물이 맞아요. 그래서 별호도 빙봉인 것이고……."

"차갑고 좋은 사람이군요."

"……."

"낭왕 대협은 무뚝뚝하고 좋은 사람이더군요. 그래서 종종 웃으라고 조언을 드렸습니다."

모용린은 그제야 낭왕이 당문세가 옆의 소준산 위에서 그렇게 자주 미소 지은 이유를 깨달았다.

"그, 그럼 나에게 차갑지 말고 따뜻한 표정을 지으라고 조언을 할 건가요?"

천류영이 빙그레 미소 지었다.

"설마요. 무림맹의 우군사라는 자리가 아주 높은 자리 아닙니까? 그런 자리에 있으니 감정 표현을 쉽게 할 수 없겠지요. 젊은 나이에 그런 막중한 자리에 있다는 것이 여러모로 힘들 거라 생각합니다. 대단하십니다."

"……."

"역시 소문은 쉽게 믿어서는 안 되는 것이 맞습니다. 빙봉은 참으로 좋은 분입니다. 빙봉의 소문을 들은 터라…… 저를 의심하거나 천하다고 내칠 줄 알았거든요."

모용린은 가슴이 뜨끔했다. 그리고 자신을 바라보는 그의 맑은 눈동자를 보며 한숨을 삼켰다.

"낭왕 대협이 왜 그렇게 웃는지, 남궁 공자가 왜 당신을 벗으로 삼았는지, 왜 설이가 당신을 바라보고, 왜 독고 가주님이나 많은 분들이 당신을 인정하는지 알 것 같군요."

"예?"

"뛰어난 책략가여서만이 아니었어요. 그렇다면 이용만 하면 될 테니까 말이죠. 당신은…… 함께 있는 사람의 심장을 움직이네요."

"……?"

"당신이야말로 좋은 사람이에요."

천류영이 당황해 대꾸를 못하는 사이에 모용린은 자신도 모르게 또 따스한 미소를 머금었다.

신기한 일이었다.

천마검과 천류영을 통해 자신의 초라함을 깨달았다. 당연히 괴로워야 하는데 그렇지가 않았다.

잃은 것이 있는 반면 얻은 것이 있기 때문이었다.

하월 팽우종, 무림서생 천류영.

좋은 사람을 얻었다.

그녀는 피식 웃으며 고개를 흔들었다.

좋은 사람을 만난다는 것이 이렇게 좋은 거였구나.

모용린은 상념에서 빠져나왔다. 그녀는 아까 했던 말을 상기하고는 입을 열었다.

"이제 다시 원래의 주제로 돌아가죠. 이번엔 얘기가 샛길로 빠지지 않게 핵심부터 말하죠. 사령관은 천마검과 천랑대를 상대할 자신이 있나요?"

천류영의 얼굴이 한순간에 더 없이 진지해졌다.

"계속 그 문제에 대해 저도 고민하고 있었습니다. 천마검이 이끄는 불패의 천랑대는 정말 피하고 싶거든요."

모용린은 청성산 산문에서 보았던 천랑대를 떠올리고는 동의한다는 듯이 고개를 끄덕이며 말했다.

"게다가 사령관은 흑랑대를 놓아주었어요. 나는 그때 피해가 크더라도 그들을 잡았어야 했다고 생각해요. 왜냐하면 흑랑대까지 천마검의 휘하로 들어가 움직이면 우리는 정말 곤란한 지경에 처할 공산이 높거든요."

"……."

"내 의견을 어떻게 생각하세요?"

모용린이 다시 천류영의 생각을 물었다.

천류영은 앞에 놓인 탁자를 뚫어지게 보다가 뒤통수를 긁적였다.

"이번에도 빙봉의 의견에 동감합니다."

모용린은 잠깐 침묵하다가 물었다.

"그런데 왜 흑랑대를 그대로 놓아준 것이죠?"

천류영이 묘한 미소를 머금었다. 그 미소를 본 모용린은 눈가를 잘게 떨었다. 천류영이 흑랑대를 일부러 놓아주었다는 예감이 들었다.

만약 그렇다면 왜?

모용린은 대답을 기다렸지만 천류영은 침묵했다. 그러자 답답해진 모용린이 다시 대화를 재개했다.

"뭐, 그땐 상황이 그랬다고 치죠. 자칫 사령관이 위험할 수도 있었으니까. 아니면 지금 얘기를 할 단계가 아닌

듯도 싶고."

"……."

"어쨌든 지금 중요한 건 이겁니다. 사령관은…… 점창파가 지원 오기 전까지 천마검의 반격을 막을 자신이 있습니까?"

천류영이 탁자에서 시선을 떼고 모용린을 마주 보았다.

"어떤 대답을 원하십니까?"

"예? 당연히 솔직한 답을 원하죠."

천류영은 이마를 두른 영웅건 위로 내려온 머리칼을 쓸어 넘겼다. 그리고 천천히 말했다.

"지금의 전력으로 저는…… 천마검 그를 이길 자신이 없습니다. 점창파가 합류해도 버거운 싸움이 될 겁니다."

모용린의 입가에 쓴 미소가 걸렸다.

"솔직한 답변을 원하긴 했지만 사령관이 그런 말을 하면……."

묘한 허탈감이 가슴에 들어찼다.

전장에서 본 천류영은 군신이었다. 그렇기에 그에게 한 가닥 희망을 품고 있었다. 지금의 자신으로서는 천마검에 대적할 수 없다는 것을 알고 있기에.

천류영은 손가락으로 탁자를 몇 차례 툭툭 내려치다가

말했다.

"하지만 사천 분타에서 버티는 것이라면 어렵지 않을 겁니다."

그녀가 반색했다.

"그런가요? 그나마 다행이네요."

사천 분타에서 시간을 끌면 결국 천마검은 물러날 수밖에 없었다. 적은 병력으로 언제까지 사천 땅에 머물 수는 없기 때문이다.

점창이 곧 올라올 것이고 무림맹에서 추가 지원도 파견할 것이기에.

그런데 이번엔 천류영이 고소를 머금었다.

"문제는…… 그가 저를 사천 분타 밖으로 불러낼 겁니다."

"예?"

"그럼 저는…… 지겠지요."

모용린은 어리둥절한 표정으로 아미를 찌푸렸다. 그녀의 뛰어난 두뇌로도 천류영의 말이 갖는 의미를 간파하기가 힘들었다.

"대체 무슨 말을 하는 건지……. 어쨌든 그럼 밖으로 나가지 않고 이곳만 사수하면 되잖아요!"

천류영이 입술을 꾹 깨물고 잠시 침묵하다가 답했다.

"나가야 할 겁니다."

"왜죠?"

"천마검이 상황을 그렇게 만들 테니까요. 그는 이미 제 약점을 간파했을 테니까 말입니다."

모용린이 고개를 위로 젖히며 깊은 한숨을 토했다. 그리고 다시 천류영을 직시하며 차갑게 말했다.

"차근차근 풀어서 말해 주실래요?"

천류영은 모용린을 보며 어깨를 으쓱했다.

"제가 천마검과의 싸움에 대해 생각해 둔 것. 어디까지 듣고 싶으십니까?"

그녀의 눈빛이 강렬해졌다.

"전부!"

천류영은 그런 모용린을 보며 고개를 주억거렸다.

"저 역시 빙봉이 제격이라고 생각했습니다."

"······?"

"당신은 차갑고 또 좋은 사람이니까요. 그리고 아직 저와는 서로 정이 들지 않았으니까요."

모용린의 이맛살이 일그러졌다.

"칭찬인지 욕인지 모르겠군요. 대체 무슨 말을 하려고

이렇게 뜸을 들이는 거죠?"

"약속해 주십시오. 제가 지금부터 하는 얘기를 누구에게도 발설하지 않겠다고."

모용린은 아연한 표정을 지었다.

대체 무슨 얘기를 하려는 것일까?

"극비라는 거군요. 약속하죠. 그런데 독고 가주님이나 독수 어르신 같은, 믿을 만한 수뇌부에게도 끝까지 아무 말 안 할 건가요?"

"예, 다른 사람들은 제가 말할 작전을 받아들이지 않을 테니까요."

"……?"

"만약 제가 사전에 준비한 것들이 제대로 작동하지 않는다면……."

천류영의 말 중간에 모용린의 눈에 이채가 스쳤다. 그녀는 손을 들어 '잠깐!'이라고 외치고 말했다.

"혹시 그 사전 준비란 것에……."

모용린은 괜한 말을 하는가 싶어서 잠시 머뭇거렸다. 아까 흑랑대를 언급할 때 보였던 천류영의 묘한 미소가 가슴에 남아 있던 탓이었다. 어쨌든 내친 말이기에 이어서 했다.

"흑랑대를 그대로 돌려보낸 것도 포함되나요?"

이번엔 천류영의 눈에 이채가 스쳤다.

"역시! 빙봉이십니다."

"……!"

모용린은 자신도 모르게 입이 쩍 벌어졌다. 그는 자신보고 '역시!'라고 말했지만 자신은 전혀 아니었다.

머릿속은 더욱 헝클어졌다.

"조, 좋아요. 일단 나는 계속 듣기만 하죠. 이어서 말해 보세요."

"사전 준비나 과정은 나중에 말하고 결론부터 말하죠."

모용린은 고개를 끄덕였다. 그것이 자신에게도 속편할 테니까.

"천마검의 이번 싸움의 궁극적 목표는 제가 될 겁니다. 그는 저를 죽이거나 생포하려고 할 겁니다."

모용린은 미간을 좁혔다. 충분히 가능성 있는 얘기였다. 자신이 천마검이라도 무림서생을 탐낼 것이었다.

천류영의 말이 이어졌다.

"제가 미끼가 될 겁니다. 그럼으로써 많은 정파인들이 살 것이고, 전투에서 승리를 거둘 수 있을 겁니다."

"……."

"그리고 아마 여러분들은 천마검의 마수에서 저를 지

켜 주지 못할 겁니다."

모용린은 놀라 자리를 박차고 벌떡 일어났다.

"그, 그 말은 무슨 의미죠? 서, 설마?"

"독고 가주님께, 그리고 독고 소저께 나중에 전해 주십시오. 만에 하나 제가 잘못될 경우 제 가족을 부탁한다고."

"지, 지금 무슨 말을 하는 거죠?"

모용린의 목소리가 갈라졌다. 그러자 천류영이 빙그레 웃으며 말했다.

"만에 하나라고 하지 않았습니까? 그리고 아직 어떤 일도 벌어지지 않았습니다. 제 머릿속에서 그려 본 가상의 미래를 말한 것뿐입니다."

"하지만……."

모용린은 입술을 잘근잘근 깨물었다.

다른 사람이 생각해 본 것이라면 그냥 넘어갈 수 있겠지만, 천류영이 고심한 사고(思考)라면 결코 무시할 수가 없었다.

"제 얘기를 다 들으면 빙봉께서도 어쩔 수 없겠구나, 하고 이해해 주실 겁니다."

"이러려고 사령관 자리를, 아니, 윗자리에 남으려고 했던 거예요? 미끼가 되려고? 희생양이 되려고? 당신, 바보예요? 오랫동안 고생하다가 이제 빛을 보게 되었는데……."

천류영은 격앙되어 말도 제대로 못 잇는 모용린을 올려다보며 진정하라는 손짓을 했다.

"너무 걱정하지 마십시오. 저 역시 제 목숨이 중요하니까요. 그래서 그에 대비를 좀 해 둔 것이 있고 말입니다. 예를 들면 흑랑대처럼 말이지요."

"……."

"일이 잘 풀리면 저도 안전하고 전투도 승리할 겁니다."

모용린이 입술을 바르르 떨며 말했다.

"천마검은 보통 인물이 아니에요. 만약 잘못되면 당신은 죽겠다는 거잖아요."

천류영이 깊은 한숨을 뱉고 답했다.

"목숨을 걸지 않고서는…… 천마검 그를 상대할 수 없습니다."

그의 말이 옳기에 모용린은 대꾸하지 못했다.

천마검은 정말 목숨을 걸고 상대해야 하는 자였다.

천류영이 씩 웃으며 단호하게 말했다.

"그리고…… 저 역시 그를 원합니다. 그러니 천마검도 나를 잡으려면 목숨을 걸어야 할 겁니다."

그의 뜨거운 말에 모용린은 숨을 들이켰다.

2

사천 분타의 삼층에 있는 회의실.

천류영은 조용히 말하고 모용린은 숨소리도 내지 않고 경청했다.

그러길 일각 반.

마침내 천류영의 얘기가 끝났다.

"어떻습니까?"

소감을 묻는 천류영의 질문에 모용린은 평소의 차가운 얼굴로 입술을 깨물었다. 그리고 잠시 동안 침묵하면서 천류영의 눈을 똑바로 응시했다.

그 눈길이 부담스러웠는지 천류영이 뒤통수를 긁적였다. 그리고 다시 조심스러운 어조로 물었다.

"마음에 안 드십니까? 아니면 무슨 허점이라도?"

그제야 모용린이 묘한 한숨을 뱉고 입을 열었다.

"아뇨, 조금 놀라서⋯⋯. 당문에서의 긴박한 전투를 앞두고 그런 점까지 염두에 두고 있었다는 것이⋯⋯. 적 내부의 분열이라⋯⋯."

그녀는 말을 잠깐 끊고 피식 웃었다. 그리고 말을 이었다.

"나쁘지 않아요. 그리고 가능성도 충분해요. 당문에서의 일로 그들은 서로를 신뢰하지 못할 테니까요. 하지만……."

그녀가 말꼬리를 흐리자 천류영은 이해가 간다는 낯빛으로 고개를 주억거렸다.

"그들이 우리 뜻대로 움직여 줄 것이냐는 불안감이 있겠지요."

"그래요. 천마검을 비롯해 흑랑대주나 마교 소교주 그리고 흑천련의 수장들이…… "

모용린은 말을 하다가 고개를 저으며 다시 실소를 뱉었다. 그리고 정색하고 말을 이었다.

"사령관 말대로 알 수 없는 일이죠. 좋아요. 그들이 어떻게 움직일지는 그렇게 남겨 두고 우리가 해야 할 일을 하는 것이 맞겠죠."

천류영이 빙그레 웃었다.

"그렇습니다."

모용린은 천류영을 물끄러미 바라보았다.

그의 목소리가 참 좋다는 생각은 이미 했었다.

그런데 밖이 아닌 내실에서 잔잔히 울리는 그의 음성은 참으로 고혹적이었다. 거기에 맑은 눈빛과 잔잔한 미소가 그의 평범한 얼굴을 평범하지 않게 만들었다.

아니, 정확히 말하면 그의 인품과 능력을 알았기에 그렇게 느껴지는 것일 터였다. 그의 진가를 모르고 대면했다면 그저 목소리가 잠시 기억에 남는 흔한 남자 중 하나였을 테니까.

순간 그녀의 눈가가 잘게 떨렸다. 회의실 밖에서 누군가의 기운이 감지된 것이다. 그녀는 단전을 끌어 올려 기감을 주변으로 펼쳤다.

익숙한 기운.

상대는 자신의 기운을 숨기지 않았다. 아니, 오히려 전음으로 존재를 알려 왔다.

[빙봉, 접니다. 들어가도 됩니까?]

하월 팽우종.

아마 자신처럼 천류영을 찾으러 온 것일 터다.

[아뇨. 대화를 마무리 짓고 곧 나갈 겁니다. 그때 들어오세요.]

[알겠습니다.]

전음을 마치려던 모용린은 고개를 갸웃거렸다.

[그런데 왜 들어올지 물어본 거죠?]

[천하의 빙봉과 무림서생이 비밀리에 대화를 나누는 것

같으니 방해하고 싶지 않아서요.]

모용린의 입꼬리가 살짝 올라갔다.

팽우종은 외양이나 행동거지를 보면 영락없는 한량이다. 하지만 실제로는 그 누구보다 배려심이 많았다.

[제가 나간 다음에 들어오세요. 중요한 얘기를 끝내는 중이라서요.]

[알겠습니다. 그럼 여기에서 기다리지요. 엿듣지 않을 터이니 편하게 얘기하십시오.]

[상관없어요. 할 얘기는 이미 다 했으니까.]

한편 모용린이 문밖의 팽우종과 전음을 나누고 있는 것을 모르는 천류영은 고개를 갸웃거리며 입을 열었다.

"빙봉, 무슨 생각을 하시는 겁니까?"

"아! 아뇨. 그나저나 사령관을 찾는 사람이 많은데 언제까지 여기에 틀어박혀 있을 생각인가요?"

"몇 가지 생각을 좀 정리하다 보니……. 곧 나가 봐야지요."

모용린은 자리에서 일어나며 말했다.

"그럼 나는 이곳으로 오고 있을 점창파에 전서구를 보내죠. 아울러 무림맹 총타에 중간 보고도 해야 하니까 이만 일어날게요."

그녀는 갑자기 머리 한쪽이 지끈거렸다.

제갈천 총군사에게 보낼 보고 때문이었다.

문밖에 팽우종이 있어서인지 천마검이 요구한 심부름이 떠올랐다.

천마검의 심부름을 이행해야 하는가? 그럼 총군사는 무림서생을 경계하게 될 것이다.

문제는 자신이 천마검의 요구를 묵살해도 총군사는 이번 싸움에서 놀라운 능력을 보여 준 이 사람을 그냥 두지 않을 것이란 점이었다.

회유를 시도할 터이고 그것이 안 된다면 몰락시킬 것이다.

전자(前者)의 경우가 성립된다면 별 일 없겠으나 후자(後者)의 경우라면 자신은 어떤 선택을 해야 할까?

이 사람을 돕고 싶다. 하지만 그러면 자신과 사문은 이 사람과 함께 어려운 지경에 처할 것이리라.

천류영은 따라 일어서며 물었다.

"점창파는 정확히 언제 여기에 당도할까요?"

모용린은 가슴속에서 올라오는 한숨을 조용히 삼켰다. 이 사람의 머리는 천마검과의 전투로 가득 차 있었다. 그런데 자신은 지금 정치에 골몰하고 있었다. 그것이 미안해졌다.

"사흘 정도? 그러지 않아도 정확한 시간을 알아볼 생각이었어요.”

“그렇군요. 그럼 오늘 하루는 이곳에 있는 모든 이들이 잘 먹고 푹 쉬게 하는 것이 좋겠습니다. 괜찮겠습니까?”

모용린은 특유의 냉랭한 어조로 대꾸했다.

“결정권자인 사령관은 당신이에요. 여기에서 나는 당신을 보좌하는 책사고 말입니다. 뭐…… 책사로서의 능력도 나보다 뛰어나니 굳이 내가 나설 필요는 없겠지만 말이에요.”

천류영이 당황하며 손사래를 쳤다.

“받기 어려운 말씀입니다. 빙봉께서 도와주셔야 합니다.”

“…….”

“제가 천마검을 유인하는 미끼가 될 때, 빙봉께서 병력을 지휘하셔야 합니다. 제 목숨은…… 빙봉께 달린 겁니다.”

모용린의 얼굴이 굳었다. ‘아차’ 싶었다. 이 말을 팽우종이 들었을까?

어쨌든 천류영의 말대로 천마검과의 싸움에서 자신의 역할이 중요했다. 자신의 판단이 너무 빠르거나 늦어지면 천류영은 천마검에게 잡히거나 죽게 될 공산이 컸다.

이 사람은 자신을 전적으로 믿고 있었다.

그렇기에 물어야 할 것이 있었다.

이 사람, 회유가 될 것인지? 아니면 결국 윗분들에게 적으로 남게 될 것인지?

밖에 있는 팽우종이 신경 쓰이긴 했지만 총군사께 보고를 하기 전에 알아야 했다.

천마검은 천류영이 정파의 명숙들과 기득권에게 상당한 경계 대상이 될 것이라고 판단했었다. 하지만 그것은 그의 판단이고 자신이 확인해야 했다.

그녀는 한 차례 숨을 들이마시고는 정색하고 입을 열었다.

"마지막으로 사령관에게 궁금한 게 한 가지 있어요. 싸움에 대해서가 아니라 사적인 질문입니다."

천류영은 의아한 표정을 지었다.

"예? 말씀하십시오."

"사령관이 유명해지고 출세하게 되면 무엇을 하고 싶은가요? 사실…… 저는 사령관에게 총군사님이 전하라는 제안을 해야 하거든요. 무림맹 사군사라는 자리죠."

"……!"

천류영의 눈이 화등잔만 하게 커졌다. 너무나 엄청나고 파격적인 제안에 현실감이 없어질 정도였다.

"아울러 당분간 백호단을 사령관의 직속 부대로 두게 될 것이고 말이죠."

천류영은 모용린의 말에 충격 어린 표정을 가감 없이 얼굴에 드러냈다.

"그, 그런……."

"아침에 들었던 말이 생각나네요. 강호의 무사들이 존경받는 세상이 왔으면 좋겠다고……. 군림하는 것이 아니라 민초들과 어울리고 싶다는. 그런 개혁가를 꿈꾸시나요? 힘을 가지게 되면 개혁을 추진할 겁니까?"

그녀의 직설적인 질문.

천류영은 곤혹스러운 표정 위로 실소를 머금었다.

"그 말이…… 걸리셨습니까?"

"듣기엔 아주 좋은 말이죠. 하지만 사령관 정도의 두뇌를 가진 사람이라면 알 거라고 생각하는데요? 이 세상을 지배하고 있는, 힘을 가진 자들은 그런 세상을 좋아하지 않는다는 것을. 섣부른 개혁을 꿈꾸면 그들과 맞서게 될 겁니다."

엄중한 경고.

천류영은 차가운 그녀의 음성에 얼굴이 살짝 굳었다.

"사령관, 그들은 차별을 바랍니다. 군소방파와 민초들 위에 군림하면서 자신들의 권력을 행사하길 원해요."

"그렇지요."

천류영은 동의하며 고개를 끄덕였다. 그 표정을 유심히 살피며 모용린이 말했다.

"그리고…… 나 역시 그런 차별을 원해요. 그게 나쁘다고 생각하지 않으니까. 힘을 가진 사람들이 진심으로 힘없는 사람의 눈치를 보는 세상은 유사 이래 단 한 번도 없었어요. 왜냐하면 그건 인간의 본성에 위배되니까."

"……."

"부(富)나 권력은 목숨을 건 도전 끝에 얻어 낸 성과예요. 그것을 지키려는 게 나쁘다고 생각하나요?"

"저는……."

천류영이 뭔가를 말하려고 했다. 그러나 모용린은 그의 말을 매몰차게 끊었다. 그녀는 그를 설득하고 싶었다.

"기득권에 대해 불평하는 자들도 강해지고 출세하면 차별을 원하죠. 사실 그들은 부러운 거예요. 불평주의자들의 진짜 속내는 자신들도 기득권층에 편입되고 싶어 하는 겁니다. 이게 가혹하게 들릴지 모르지만 진실이에요."

"……."

"진실을 보세요. 남이 애써 이룩한 것을 나눠 달라고 떼쓰는 거지 근성, 남이 어렵게 성취한 것을 인정하지 않는 불평불만. 그런 자들을 변호하지 마세요. 그들 편에서지 마세요."

"빙봉······."

모용린은 천류영의 눈이 슬퍼진 것 같다고 느꼈다. 그래서 그의 눈을 외면하고 힘주어 말을 이었다.

"나는 사령관의 능력이 더 크게 그리고 세상에 유용하게 쓰이길 바랍니다. 그리고······ 당신과 함께하며 많은 것을 느끼고 경험해 보고 싶기도 하고요. 그러기 위해서는 사령관이 현명한 선택으로 우리와 함께해야 합니다. 내가 하는 말······ 사령관이라면 무슨 의미인지 알 거라 믿어요."

천류영은 어깨를 으쓱하고는 우울한 미소를 지었다. 그리고 자리에 다시 털썩 앉았다. 그는 손가락으로 탁자를 톡톡 치다가 한 차례 크게 숨을 뱉고는 고개를 힘차게 주억거렸다.

"예, 맞습니다. 빙봉의 의견에 많은 부분 동감합니다. 하지만······."

그가 말꼬리를 흐리자 모용린이 고개를 갸웃거리며 물었다.

"하지만 뭐죠?"

"높은 분들이 착각하고 계신 것이 있습니다. 그 오해에서 많은 불행이 시작되는 것이죠."

그녀의 눈이 샐쭉해졌다.

"착각이요?"

"사람들은…… 정당한 방법으로 부를 축적하고 권력을 가진 이들을 욕하지 않습니다. 아니, 오히려 그들을 존경합니다."

"……."

"탐욕으로 부정한 수법을 동원하는 자들을 욕하는 겁니다. 정당한 기회마저 박탈당하고 힘들여 노력한 성과까지 빼앗기기에 불평을 하는 겁니다. 억울하니까요. 억울해서 불평하고 욕하는 게 나쁜 겁니까?"

"그, 그건……."

이번엔 천류영이 그녀의 말허리를 끊었다.

"강대한 힘, 부 그리고 권력을 빼앗길까 봐 두려우십니까? 걱정하지 않으셔도 됩니다. 많은 사람들은 빼앗으려는 것이 아니라 지켜 달라고 하는 겁니다."

모용린의 눈가가 파르르 떨렸다.

"무슨 뜻이죠?"

"예. 불평, 욕설, 비방의 진짜 의미는…… 내가 노력한 것을 인정해 달라고, 그리고 더 나아가 성공할 꿈을

꾸는 기회마저 빼앗지 말아 달라고 하소연하는 겁니다."

"……!"

"열심히 하면 자신과 가족도 잘살 수 있도록 기회를 달라는 말입니다. 너무 많이 착취하지 말아 달라 하소연하는 겁니다. 그걸 불평불만으로 몰아가면…… 세상을 바라보는 기준이 달라지는 거지요."

모용린은 입술을 꾹 깨물었다. 자신이 지금껏 배워 온 것이 뒤틀리는 기분이 들었다.

권력은 나눠지지 않는 속성이 있다. 그렇기 때문에 그것을 지키기 위해 수단과 방법을 가리지 말아야 한다고 배워 왔다.

이른바 가진 사람들이 공부하는 제왕학(帝王學)이다.

그런데 지금 천류영은 그것을 송두리째 흔들어 버렸다.

힘없는 자들의 불평불만.

그것을 들을 때마다 약자들의 넋두리에 혀를 차고 비웃었다. 그런데…… 빼앗으려는 것이 아니라 지켜 달라고 하소연하고 있는 것이었다고?

천류영은 모용린을 직시하며 천천히 말했다.

"우리는 윗분들이 말하는…… 거지 근성에 젖은 사람들이 아닙니다. 그분께 재산을, 권력을, 힘을 나눠 달라고 말하는 게 아닙니다."

"……."

"진짜 진실은 이겁니다. 내 꿈과 내 가족, 소소한 행복을 포기하지 않게 도와달라고 하는 겁니다. 윗분들께서 가진 힘과 권력으로 그것을 착취하지 말아 달라고 애원하는 겁니다."

"……."

모용린은 아무 대꾸도 하지 못했다. 양 뺨이 파르르 떨렸다. 가슴속에서 뭔가가 꿈틀거리는 기분이 들었다.

천류영이 그런 모용린을 바라보며 나직하게 그러나 힘주어 물었다.

"함께 더불어 같은 시대, 같은 세상을 살아가는 사람들 아닙니까?"

천류영의 질문에 모용린은 침묵하다가 뒤돌아섰다. 머릿속이 어지러워졌다. 그녀의 등을 향해 천류영이 말했다.

"빙봉께서는 정말 좋은 분입니다."

예상치 못한 말에 그녀의 아미가 일그러졌다. 비아냥일까?

"무슨 뜻이죠?"

"저를 걱정해 주시는 것 아닙니까?"

"나는……."

그녀는 말을 잇지 못했다. 무슨 말을 해야 할지 몰라서였다. 그만큼 천류영의 말이 그녀의 심장을 흔들어 버렸다.

예전 같았으면 비웃으며 냉철하게 조목조목 반박했을 것이다.

하나를 주면 둘을 그리고 셋, 넷을 원하는 것이 사람의 욕심이라고 말했을 것이다. 그런데 이상하게 그럴 수가 없었다. 왜냐하면…… 하나조차 제대로 주지 않았다는 생각이 든 것이다.

심장이 덜컥거리며 가슴을 아프게 했다.

지난 하루 동안의 경험이 그녀를 변하게 만든 것이다.

"빙봉, 걱정하실 일은 없을 겁니다."

"……."

"저는 높은 분들과 맞설 생각 같은 건 전혀 없습니다. 제가 그럴 주제가 안 된다는 것을 너무나 잘 아니까요."

"그럼…… 무엇을 할 건가요?"

"일단 이 싸움부터 끝내야 하는 것 아닙니까? 패해서 인질이 되거나 죽을 수도 있는데 말입니다."

그의 말에 모용린은 어깨를 으쓱거렸다.

"하긴 그렇군요."

"예. 그래서 싸움이 끝나고도 살아남는다면…… 그냥 저를 정말로 필요로 하는 사람들에게 보탬이 되고 싶습니다."

그녀는 몸을 돌려 다시 천류영을 직시했다.

"당신을…… 정말로…… 필요로 하는 사람들?"

"예. 저에게 약간의 힘이 생긴다면…… 억울한 사람을 한 명이라도 구할 수 있지 않을까요? 힘이 없어 고통 받는 사람을 한 명이라도 보호할 수 있지 않을까요?"

"……."

"짐승이 아닌, 사람의 힘은 그러기 위해서 존재하는 것 아닙니까?"

3

우리는 짐승이 아니라 사람이잖냐는 천류영의 통렬한 말에 모용린은 쓴웃음을 머금었다. 이 천재적인 책략가의 입에서 이렇게 어처구니없을 정도로 순수한 말이 나오다니.

"호호호. 호호호호."

그녀는 웃었다.

이 얼마나 웃긴 비극인가? 아니면 슬픈 희극일지도. 더 웃긴 건…… 웃는데 가슴은 먹먹하다는 점이었다.

그녀는 계속 웃지 못했다. 그다음에 이어진 천류영의 말 때문에.

"빙봉께서 도와주시면 큰 힘이 될 겁니다."

모용린은 웃음을 뚝 멈추고 천류영의 얼굴을 뚫어지게 응시했다. 저 순박한 얼굴에 고집스러움이 단단한 바위처럼 굳건했다.

"사령관."

"예, 빙봉."

"안타깝게도 사람들은 종종 아니, 자주 짐승이 됩니다."

"압니다. 아주 잘 알고 있지요."

모용린은 이마에 손을 대고 '후우, 후우.' 하며 큰 숨을 토해 냈다. 그리고 내실에 들어온 이후 가장 차가운 음성으로 말했다.

"아뇨, 아직 제대로 모르고 있어요. 더구나 사령관이 앞으로 살아가야 할 곳은 힘의 논리가 최우선되는 무림이라는 것을 잊지 말아야 할 거예요. 사령관이 힘들게 살아온 건 잘 아는데, 그곳보다 더 버겁고 살벌한 곳이 이곳이에요."

"……."

"이상향인 꿈을 좇는다면 지독한 가시밭길을 가게 될 겁니다. 거짓 모략과 중상으로 사령관의 명예는 손상당할 것이고, 사령관의 진심은 자신도 모르는 사이에 거짓말로 낙인찍히게 될 겁니다. 털어서 먼지 안 나는 사람 없다고 사령관뿐만 아니라 가족, 친구들까지 음해에 시달리고 고초를 당하게 될 겁니다. 수많은 음모들이 사령관과 주변에 가해질 거예요."

"빙봉……."

"사령관의 부상과 열병. 진산표국의 국주라는 자에게 당했다고 들었어요. 이걸 기억하셔야 할 겁니다. 그런 인간보다 훨씬 강하고 교활하며 무서운 자들이 득실거리는 곳이 무림이라는 것을."

천류영이 정색하고 눈을 빛내며 답했다.

"그 말은…… 정파의 많은 명숙들이나 높은 분들이 죄다 그런 사람들이란 말입니까?"

모용린의 이맛살이 가득 찌푸려졌다.

"아뇨. 대개는 좋은 분들이죠. 하지만 적지 않은 분들은 자신의 이익이 침해당하는 것을 결코 용납하지 않아요. 그리고 사령관이 그런 분들의 심기를 거스르면……

결코 당해 낼 수가 없어요."

"압니다."

모용린이 빽 소리를 질렀다.

"안다는 분이 그렇게 순진한 말을 하나요?"

그녀의 고성에 천류영이 눈을 치켜떴다가 이내 씩 웃었
다.

"절 진심으로 걱정해 주시는군요."

그의 태평한 말에 모용린은 졌다는 표정으로 고개를 절
레절레 저었다.

"사령관, 내 말이 과장 같습니까?"

"아뇨, 사실인 것을 압니다."

"그런데도 웃음이 나옵니까? 두려움이 없어요?"

"저는 사람을 믿습니다."

모용린의 눈이 동그래졌다.

"그게 무슨? 왜 갑자기 뚱딴지같은 말을 하는 거죠?"

"빙봉께서 말하지 않았습니까? 명숙들이나 힘을 가진
분들 중에서 좋은 분들도 많다고."

"……!"

"날 노리는 사람이 있을 것을 압니다. 하지만 지켜 주
시려는 분들도 있을 거라 믿습니다."

"사령관……."

"당장 빙봉께서도 절 걱정해서 이렇게 열변을 토하시는 것 아닙니까?"

모용린은 당황스러워 말을 더듬었다.

"나, 나는……. 그러니까 내 말은……. 맞아요. 소리소문 없이 죽을 수도 있다는 것을 경고하는 겁니다."

"빙봉. 나, 강해질 겁니다."

"예?"

"무공을 익혀 누구에게도 쉽게 당하지 않을 만큼 강해질 겁니다. 또한 풍운 같은 믿음직한 호위도 있고요. 그러니 너무 걱정하지 마십시오. 그것 외에도 많은 것을 생각하고 있으니까요."

"그 나이에 무공을 익혀 강해지겠다고요?"

모용린은 어처구니가 없어 다시 힘주어 반박하려다가 고개를 저었다. 더 이상의 대화는 무의미하다는 것을 깨달은 것이다.

천류영.

그는 결코 신념을 굽히지 않을 것이었다.

그런 사람이 가끔 있고, 이 사람이 그런 사람이었다.

모용린은 씁쓸해졌다. 강해지겠다는 황당한 말까지 하

는 천류영을 보니 헛웃음만 흘러나왔다.

그녀는 고개를 연신 저으며 내실을 빠져나왔다. 문을 닫고 앞으로 걸었다.

괜히 한숨이 자꾸 새어 나왔다.

천류영의 말이 심장을 움직이긴 했지만 그에게 동조했다가는 자신과 사문이 추락하게 될 것이 자명했다.

그러다가 깜빡 잊고 있었다는 듯이 고개를 돌렸다.

자신이 나온 회의실 문 옆에 팽우종이 서 있었다.

굳어 있는 얼굴.

그는 멍하니 허공을 응시하고 있었다. 역시 그는 대화를 들은 것이었다.

모용린은 그를 부를까 하다가 고개를 저었다.

그의 분위기를 보아하니 왠지 부르면 안 될 것 같아서였다. 그리고 지금은 자신의 머리도 터질 것 같이 아팠다.

총군사에게 천류영에 대해 어떻게 보고서를 작성해야 하는 걸까?

그녀는 계단을 통해 일층까지 내려와 밖으로 나섰다. 그러자 환한 햇살이 그녀를 맞았다.

사람들이 삼삼오오 어울려 돌아다녔다. 아직도 승전가를 부르며 행복한 표정으로.

모용린은 왠지 모르게 가슴이 울컥해졌다.

함께 목숨을 걸고 싸웠던 사람들이다.

나를 믿고 그들을 믿고 함께 싸웠다. 저들에게 자신의 등을 믿고 맡겼다.

그러나 이 승리로 인해 저들에게 돌아갈 것은 무엇일까?

그녀는 자신도 모르게 깊은 한숨을 뱉었다.

예전에는 이런 생각을 해 본 적이 없었는데.

정말이지 자신이 너무 변한 것 같아 스스로가 낯선 기분마저 들었다.

세 사람이 그녀에게 다가왔다. 가슴팍에 있는 표식으로 보아 백호단원이었다.

얼굴을 본 기억은 없었다. 평범한 조원일 터이니 얼굴을 기억해야 할 이유 따위는 없었으니까.

초로의 백호단원이 그녀에게 포권을 취했다.

"빙봉 우군사님을 뵙습니다."

"아! 예."

그녀는 알은체하며 어색한 미소를 지었다. 백호단원이 그녀를 마주 보며 환하게 웃었다.

"멋있었습니다."

"예?"

"함께 싸우지 않았습니까? 우린 전우지요. 하하하. 그동안 우군사께 오해가 많았던 것 같습니다."

나이답지 않게 해맑은 그의 미소를 보며 모용린은 입술을 깨물었다.

"전우라……. 그렇지요."

함께 싸웠다. 그러나 이 싸움 이후 당신들과 나는 다시 나눠진다. 당신들은 머물 것이고 난 더 위로 올라갈 것이다.

초로인 옆의 중년인이 말했다.

"책사가 얼마나 중요한 자리인지 뼈저리게 깨달았습니다. 그동안 우군사께서…… 설사 전장에 함께 있지 않더라도 얼마나 노심초사하며 결과를 기다렸을까도 생각하게 되었지요."

"……."

"그동안 많은 크고 작은 전투에서 우군사 덕분에 지금까지 살아왔구나 싶었습니다. 사실 오해도 많이 했었는데……."

모용린은 입술을 꽉 깨물었다. 무슨 오해인지 묻지 않아도 알 수 있었다.

자신들을 소모품으로 여겼을 것이라는 생각일 것이다. 그리고…… 그건 사실이었다.

그녀는 갑자기 코끝이 찡해졌다. 감정에 휘둘려서는 안 된다고 속으로 외쳤다.

초로인이 흐뭇한 미소로 중년인의 말을 받았다.

"승리하기 위해서 직접 나서고, 끝까지 포기하지 않는 모습에 감명 받았습니다. 다시는 우군사를 의심하지 않을 것입니다."

모용린은 고개를 돌려 그들을 외면했다.

순박한 사람들이다.

자신은 청성파에서의 실수를 조금이나마 만회할 기회를 찾았을 뿐이다.

"우군사님. 오늘 크게 잔치를 벌인다는 얘기가 돌던데 사실입니까?"

그녀는 천천히 그들의 눈을 마주했다.

천류영 말대로 이들은 뭔가를 빼앗으려는 사람들이 아니었다.

이들은 술과 고기를 조금 내어 주면 그것만으로도 마냥 즐거워할 사람들이다. 곁에서 얘기를 들어 주는 것만으로도 감지덕지할 사람들이다. 거짓 눈물이라도 속아 줄 바보 같은 사람들이다.

이 사람들이 불평불만을 한다면, 성난 짐승이 된다면,

그렇게 만든 것은 바로 자신들이 맞았다!

심장이 다시 덜컥거렸다.

그녀는 뭔가 대꾸를 해야 한다고 생각했지만 목구멍에 뭐라도 걸린 듯이 아무 말도 나오지 않았다.

독고설과 조전후가 다가왔다. 독고설이 모용린을 향해 물었다.

"언니! 혹시 천 공자 못 보셨어요? 모두가 찾고 있는데 어디에 있는지 보이지가 않아요."

"음. 그, 그게……."

모용린은 힘겹게 입술을 뗐다. 그녀의 핼쑥한 표정에 독고설이 걱정하는 표정으로 물었다.

"어디 부상이라도 당한 거예요?"

그녀의 말에 함께 있던 백호단원들의 표정이 삽시간에 변했다.

"우군사! 괜찮으신 겁니까?"

"어디가 어떻게 편찮으신 겁니까?"

"안색이 좋지 않습니다."

주변을 돌아다니던 이들도 몰려들어 모용린을 진심으로 걱정해 주었다.

"의원을 불러 오겠습니다."

"우군사. 장력이라도 맞으신 겁니까?"

"식은땀이 이마에 가득합니다!"

모용린은 입술을 깨물며 고개를 숙였다.

당신들이 걱정해 주지 않아도…… 나는 언제든 최고의 의원을 부를 수 있다. 당신들이 걱정하지 않아도…… 나는…… 나는…….

그녀의 눈에서 눈물 한 방울이 뺨을 타고 또르륵 흘렀다. 문득 오한이 일 정도로 추웠다. 그리고 외로웠다.

"미, 미안해요. 먼저 들어가 볼게요."

그녀의 낯선 모습에 모두가 당황했다. 뒤로 물러서려는 그녀를 독고설과 백호단원들이 부축하려고 다가들었다.

그러자 조전후가 혀를 차며 끼어들었다.

"딱 보면 몰라? 정방(淨房:화장실)에 가려는 거잖아."

그의 말에 독고설과 백호단원들이 머쓱한 표정으로 물러섰다.

모용린은 어처구니가 없었지만 조전후를 향해 쓴 미소를 지었다.

빨리 이곳을 벗어나고 싶었다. 그러지 않으면 이들의 진심에 자신이 전염되어 버릴 것 같았다.

"고맙습니다, 조 대협."

조전후가 호탕하게 웃었다.

"크허허허. 괜찮소. 나도 방귀를 참아 봐서 딱 보면 알거든. 내가 눈치가 빠른 편이지."

"네…… . 눈치가…… 대단하시네요."

"사람들이 말이야. 눈치가 없어, 눈치가! 쯧쯧. 다 큰처녀가 똥 마려워하는 걸 모르고."

모두가 민망한 표정으로 고개를 돌려 딴청을 피웠다.

모용린은 어금니를 꽉 깨물었다. 정말…… 순박한 사람들이었다. 특히나 야차검 조전후는…… 죽이고 싶은 살기가 솟구칠 만큼 순박했다.

*   *   *

천류영이 뇌악천 일행과 싸우던 일출의 시간.

청성산 아래에 있는 여섯 마을 중 하나인 청하리(淸夏里).

사백오십여 호(戶), 삼천여 명이 거주하는 이곳의 여러 곳에서 불길이 타올랐다. 그리고 일부 가옥들은 밤새 타버렸는지 시커먼 재를 흩날렸다.

대로나 소로에 간간히 시신들이 널브러져 있었다. 그리

고 어디에선가 어린아이 우는 소리가 애절하게 사위를 울렸다.

대체 지난밤에 무슨 일이 있었던 것인가?

마을 곳곳에서 약탈과 노략질이 횡행했다는 것을 짐작하는 것은 어렵지 않았다.

청하리로 들어서는 입구.

늙은 노파가 쓰러져 가는 담벼락에 기대서 멍한 시선으로 떠오르는 붉은 해를 보았다.

아침이면 언제나 보던 태양이었다.

그러나 지금의 태양은 여느 때와 달리 더욱 시뻘겋게 느껴졌다. 마치 한 시진 전에 끌려간 며느리와 손녀가 살려 달라고 오열하다가 얻어맞으며 쏟아 낸 피 같다는 생각이 들었다. 충혈 됐던 새빨간 눈동자와도 닮았다.

"말세인 거야, 말세……."

노파는 힘없는 혼잣말을 하며 울먹였다.

청성파가 마교도들에게 무너지고 세상이 하루 사이에 지옥으로 변해 버렸다.

전날 오후, 마을에서 흔히 볼 수 있던 청성의 도사들이나 속가제자들은 자취도 없이 사라졌다.

그리고 흉흉한 소문이 돌기 시작했다. 마교도들이 약탈

을 시작할 것이라고.

하지만 다행히도 그런 일은 벌어지지 않았다.

악마 같다는 마교도들은 청성산에서 대승한 후에 어디론가 사라져 버렸다.

마을 사람들은 안도했다.

그런데 해가 떨어지고 밤이 찾아오면서부터 비극이 시작됐다.

평소에는 뒷골목에 숨어 다니던 왈패들이 행패를 부리기 시작했다. 처음에는 주루나 기루에서 부리던 행패가 점차 커져 갔다.

청성산 주변엔 관아도 없었다. 청성파가 자치권을 행사하고 있었고, 치안은 그들이 유지했으니까.

그러나 그들이 사라지자 이내 마을은 무법천지로 변해 갔다.

하지만 그것은 비극의 시작에 불과했다. 왈패들이 술주정을 하면서 행패를 부려 봤자 유흥가 지역에 한정됐으니까.

그런데 새벽이 되면서 일단의 무리들이 청하리에 들이닥쳤다.

마적(馬賊).

무려 일백여 명이었다.

평소엔 감히 근처에도 얼씬 못하던 그들이 평온했던 마을에 들이닥쳐 민가를 들쑤셨다.

재물을 약탈하고 노인과 젖먹이를 제외한 이들을 끌어냈다. 노예로 팔기 위해서.

재빨리 산으로 피한 변두리 사람들은 액운을 면했지만 마을의 입구부터 중심부에 이르는 민가는 고스란히 피해를 입었다.

"말세야, 말세……."

노파는 멍하니 앉아 눈물만 연신 흘렸다. 그러던 그녀 눈에 일단의 무리들이 오는 것이 보였다.

노파는 이미 삶의 의욕을 잃었기에 피할 생각도 없이 물끄러미 다가오는 이들을 보았다.

그러다가 혹시 청성파의 도사들일지도 모른다는 생각에 벌떡 일어섰다. 하지만 그녀는 결국 어깨를 축 늘어뜨렸다. 구부정한 허리가 더 굽어졌다.

흑의를 입고 있어서였다.

청성의 도사들이나 속가제자들은 저런 흑의를 입지 않았다.

노파는 다시 털썩 주저앉았고 무리들은 어느새 가까워

졌다. 노파는 그것이 신기했다.

저들은 평범하게 걷는 것 같았는데 언제 이곳까지 온 것인지 의아했다. 그런 노파의 눈에 선두에 있는 호리호리한 몸매를 가진 청년의 얼굴이 들어왔다.

오른 뺨에 길게 내려선 칼자국.

그런 흉터가 있으면 살벌한 인상이어야 하는데 그것이 묘하게 남자답게 느껴졌다.

그리고 무엇보다 참으로 잘생겼다는 생각을 했다.

노파는 문뜩 든 생각에 한숨을 내쉬었다.

망령이 들었다고밖에 할 말이 없었다. 이런 상황에서 젊은이의 얼굴을 보고 그런 생각을 하다니.

이제 그는 자신의 지척까지 다가왔다. 다른 이들보다 훌쩍 앞에서 온 그는 자신을 향해 다가오더니 물었다.

"괜찮으신지요?"

"……."

"어디 다친 곳은 없습니까?"

그의 정중한 말에 노파는 자신도 모르게 움츠렸던 어깨를 펴고 조심스럽게 물었다.

"뉘신지?"

"천마신교의 천마검, 백운회라는 사람입니다."

노파는 눈을 멀뚱멀뚱 떴다.

"천마신교요?"

백운회가 쓴웃음을 머금고 다시 말했다.

"마교라고 해야 아시는가 보군요."

"히익!"

노파는 경기를 일으키며 뒤로 물러서려다 담벼락에 엉덩이를 찧고 주저앉았다.

"사, 살려 주십시오."

그녀는 땅바닥에 조아리고 부들부들 떨었다.

마교의 마인들은 사람을 심심풀이로 죽인다고 했다. 죽인 사람을 발가벗겨 생살을 씹어 먹는다고 들었다.

그런데…… 묘하게, 자신도 모르게 고개가 갸웃거려졌다. 이 잘생긴 청년이 그럴 리가 없다는 생각이 든 것이다.

노파는 살짝 고개를 들었다.

그러자 그 잘생긴 청년이 하얗게 웃으며 말했다.

"걱정하지 마십시오."

"……."

"가족이 마적들에게 끌려간 것 같은데, 찾아 드리겠습니다."

노파는 마교의 마인들에 대한 무시무시한 풍문도 잊고

앞에 다가온 백운회의 손을 덥석 잡았다.

"그렇게 해 주십시오. 제발, 제발! 우리 며느리와 손녀가…… 흑흑."

백운회는 노파의 등을 한 차례 쓰다듬고는 말했다.

"곧 볼 수 있을 겁니다."

"무서운 마교 무사님. 꼭 살려 주십시오. 무서운 마적 놈들이 애들을 모두 끌고 갔습니다. 무서운 무사님, 도와 주십시오."

노파는 자신이 무슨 말을 하는지도 모르고 중언부언하며 외쳤다.

"약속드리겠습니다. 내 이름을 걸고!"

"예. 예."

노파는 연신 굽은 허리를 굽혔다 펴며 빌었다. 마치 어떤 신에게 기원하는 것처럼.

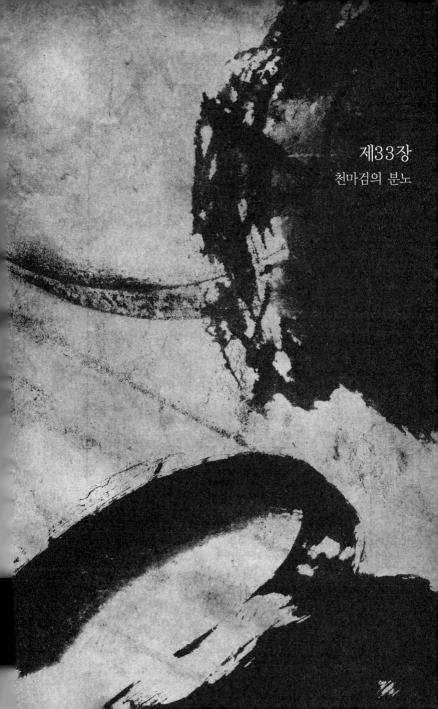

제33장
천마검의 분노

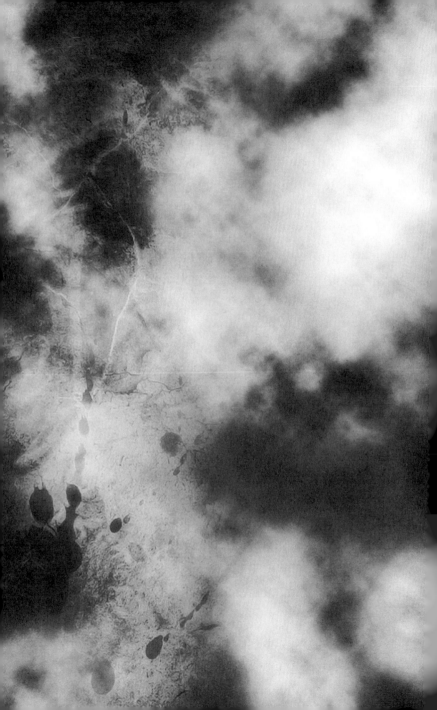

1

백운회의 한참 뒤에 떨어져서 걸어가는 무리들 중, 선두에 있는 선지운의 얼굴은 이루 말할 수 없이 딱딱하게 굳어 있었다.

그 표정을 흘낏 본 관태랑이 선지운과 나란히 걸어가며 입을 열었다.

"그런 표정을 할 거면 뭐하려고 따라왔나? 미소 지으라고, 미소! 아니면 슬픈 표정을 짓든지. 정작 마인도 아닌 자네가 그렇게 무서운 얼굴을 하면 어떻게 하나?"

관태랑의 질책에 선지운이 꼭 쥔 주먹을 부르르 떨다가 격한 어조로 답했다.

"부대주님! 이건 너무 답답합니다."

관태랑이 눈살을 찌푸렸다가 이내 피식 웃었다.

"답답하다?"

"그렇지 않습니까? 청성산에 머물렀으면 마적들 따위가 감히 이곳을 약탈할 생각이나 했겠습니까? 뜬금없는 훈련을 한다고 자리를 비워서 이런 사단이 난 것 아닙니까?"

선지운은 흥분한 어조만큼이나 표정도 분했는지 얼굴까지 시뻘겋게 달아올라 있었다. 관태랑이 그런 선지운을 한심하다는 기색으로 보고는 혀를 찼다.

"쯧쯧, 대주님께서는 그래서 자리를 비워 준 거야. 그걸 아직도 몰랐나?"

선지운의 눈이 동그래졌다.

"예? 자리를…… 비워 준 거라뇨?"

"그래야 마적들이 이 마을을 쳐들어와 약탈할 테니까."

"……!"

잠시 멍한 표정을 짓던 선지운의 얼굴이 하얗게 질려 갔다. 그의 볼이 푸들푸들 경련을 일으켰다. 너무 놀라

딸국질까지 했다.

"히끅. 그, 그게 무슨 황당한 말씀이십니까?"

"청성산 주변 백 리 안은 치안이 꽤 좋은 편이지. 청성 파와 속가제자들이 많았으니까. 하지만 그밖에는 두 개의 마적단과 하나의 비적이 악명을 떨치고 있지."

"히끅. 그, 그러니까 부대주님 말씀은……."

관태랑이 선지운의 말허리를 끊고 들어왔다.

"그런 악당들이 이런 호기를 놓칠 리가 있나? 우리와 청성파와의 싸움에 이목을 집중시키고 있었을 터인데."

선지운은 가슴이 울분으로 터질 것 같아서 주먹으로 쿵 쿵 쳤다.

"부대주님, 대체 왜? 천마검께서는 왜 이런 일을 한 겁니까?"

"대주님께서 말씀하셨잖아. 민심을 얻겠다고."

선지운은 더 놀라서 이번엔 딸꾹질이 멈췄다. 그의 흉 중이 배신감으로 휘몰아쳤다.

"천마검께서 민심을 얻겠다는 말이 이런 거였습니까? 이, 이건 기만입니다!"

"그게 정치야."

선지운은 고개를 세차게 도리질 쳤다. 역시 이들은 소

문처럼, 어쩔 수 없는 악독한 마인들이란 생각이 들었다.

"아니, 아닙니다. 이건 기만입니다. 거짓이고 술수입니다. 비겁한 짓이란 말입니다."

관태랑은 엷은 한숨을 뱉고 나직하게 말했다.

"아직 어리군."

"부대주님!"

"대주님께서는 훗날 정상에 오르실 분이다. 강호 무림의 제왕이 되실 분이지. 제왕은 때론 그 역할에 맞는 연극을 해야만 하는 법이다."

"인정할 수 없습니다. 받아들일 수 없어요! 연극이라니요? 제왕이라면 세인들에게 오로지 진실과 진심으로 다가가야 하는 겁니다."

선지운의 거센 항의에 관태랑의 미간에 골이 패였다.

"정말 어리군. 진실이라고 했나? 이봐. 너는 민초들이 무엇을 보고 어떤 것을 원한다고 생각하나?"

"……."

"솔직한 지도자? 풋, 웃기는 얘기지. 제왕은 아파도, 아픈 척해선 안 된다. 슬퍼도 웃어야 하고, 무서워도 늘 당당해야 하지."

"그, 그건……."

"어려운 것을 넘어 불가능한 상황에 직면해도 할 수 있다고 거짓말을 해야 하는 게 제왕이야. 솔직하게 우리는 할 수 없습니다. 우리는 질 겁니다. 그렇게 말하는 제왕을 어느 누가 인정하겠나?"

선지운의 눈동자가 흔들렸다.

관태랑은 앞을 향해 걸으면서 담담하게 말을 이었다.

"그래서 제왕의 자리는 고독한 거다. 스스로까지 속여야 하니까. 왜? 그를 바라보는 수많은 이들의 염원을 아니까."

선지운은 입술을 꾹 깨물고 걷다가 단호하게 말했다.

"그래도 이건 아니라고 생각합니다. 거짓 술수로 사람들을 속인 차원을 넘어섰습니다. 보이십니까? 저기 길에 죽어 있는 사람들이."

그의 표정과 음성은 사뭇 비장했다. 그러나 관태랑은 여전히 담담하게 말했다.

"모든 사람을 다 구하고 갈 수는 없다. 그건 꿈일 뿐이야. 망상이지."

관태랑의 목소리가 담담할수록 선지운은 더 화가 치밀었다.

"꿈을 좇아야지요. 현실과 타협하는 게 제왕입니까?"

"그래. 제왕도 현실과 타협해야 한다."

"······!"

"제왕이 사는 세상은 꿈속이 아니라 현실이니까."

선지운은 반박하고 싶은데 대체 무슨 말을 어떻게 해야 할지 생각이 나지 않아서 머리가 아팠다. 천마검을 향한 배신감과 주민들이 겪었을 아픔에 가슴이 저미는 듯했다. 그러자 관태랑이 말을 이었다.

"그래도 네가 아까 말한 진실과 진심. 그중에 진심만은 반드시 갖춰야겠지."

선지운이 어처구니없다는 기색으로 콧방귀를 꼈다.

"이따위 거짓 연기에 진심이 있다는 말입니까?"

"있다. 진심이 없는 연기엔 아무도 감동하지 않으니까. 하지만 진심만 있다면 누구라도 감동할 수 있다. 경극 배우들이 보여 주는 삶은 가짜지. 그래도 그들의 연기가 감동을 주는 건 진심이 있기 때문이야."

"······."

"나의 연기로 많은 이들이 더 행복했으면 하는 바람, 그 진심이 있으니까. 대주님도 그렇다. 저분은 진심이 있어. 그래서 어쩔 수 없는 희생에 진심으로 애달파 하지."

선지운은 입술을 계속 깨물었다. 그리고 고개를 연신

저었다.

"범인과 제왕이 될 사람은 달라야 한다는 말, 머리로는 이해가 됩니다. 하지만 제 가슴에는 부대주님의 말이 전혀 와 닿지 않습니다. 아니, 오히려 더 가증스럽습니다."

"너는 진실을 아니까."

"……."

"진실이란 원래 가혹하다는 것을 너도 알겠지? 그걸 굳이 다 말할 필요는 없는 거야. 그 가혹함을 안고 가야 하는 사람이 제왕이지. 혼자 끌어안고 자신을 바라보는 사람들에겐 희망만을 보여 주려고 연기하는 자리. 그래서 고독한 자리인 거다."

선지운은 한숨을 삼키고 대꾸했다.

"아무리 좋게 포장하려고 하셔도 저에겐 말장난으로만 들립니다. 저기 죽어 있는 사람의 가족에게는 처참한 비극이고 냉혹한 현실일 뿐입니다."

관태랑은 선지운이 가리키는 시신을 보고 고개를 주억거렸다.

"알아. 안타까운 희생이지. 하지만 어쩔 수 없어."

선지운이 고개를 돌려 관태랑을 노려보았다.

"어쩔 수 없다고요? 민심을 얻겠다는 속내의 실체는

희생을 방관하는 겁니까?"

"휴우우. 왜냐하면 패업의 길을 향해 나아가는 제왕이
니까. 이미 완성됐다면 저런 희생은 줄일 수 있겠지. 그
래서 하루라도 빨리 무림을 일통해야 하는 거다."

"……."

"수많은 문파들 간의 시비로 죽어 가는 무인들의 숫자
가 얼마며, 그로 인해 희생되는 민초들의 숫자가 얼마인
가?"

관태랑은 멀찍이 앞에서 걸어가는 백운회를 보며 씩 미
소 지었다.

"저분은 반드시 강호를 일통하실 것이다. 그 이후에는
오랜 세월 쉬지 않고 흐르던 피의 역사를 멈추게 할 것이
야. 나는 그렇게 믿는다."

"글쎄요."

"삼 년 뒤, 네가 떠날 때까지 대주님을 옆에서 모시면
너도 알게 될 거다. 저분의 진심을."

"왠지 그럴 것 같지 않습니다."

선지운의 비아냥에 관태랑이 어깨를 으쓱하고 말했다.

"좋아. 그럼 보편적인 얘기는 그만하지. 내가 더 가혹
한 진실을 말해 줄까?"

"설마 이보다 더 가혹한 일이 있겠습니까?"

관태랑이 발을 멈췄다. 그리고 고개를 돌려 선지운을 보았다. 관태랑의 표정이 사뭇 진지해졌다.

"더 가혹한 일. 있을 수 있었던 일."

선지운이 고개를 갸웃하며 따라 멈췄다. 관태랑을 마주 보았다.

"대체 그게 뭡니까?"

"우리가 청성파를 대파했다."

"......?"

"그리고 굳이 여기에 남을 이유가 없었어. 당문세가로 간 아군을 도우러 갈 수도 있었고, 병력이 얼마 없는 사천 분타로 회군할 수도 있었다. 아니, 그게 정상이야."

선지운의 눈동자가 흔들렸다. 관태랑의 나직하지만 힘 있는 말이 이어졌다.

"아직도 모르겠나? 대주님의 진심을?"

"......"

"대주님은 여기에 있는 사람들이 당할 엄청난 비극을 막고 싶어서 남은 거다. 그냥 떠나면 되는 건데 남은 거 란 말이야."

선지운은 말문이 막혀서 대꾸를 할 수가 없었다. 관태

랑이 그런 선지운을 차분히 응시하며 말을 이었다.

"민심을 얻으려는 큰 꿈이 있어서긴 해. 하지만 그건 천천히 해도 늦지 않아. 일단 사천성 점령을 마치고 해도 되는 일이라고."

선지운은 입술을 질끈 깨물었다. 아침의 서늘한 공기가 그의 옷깃으로 파고들었다. 그 기분이 묘하게 오싹했다.

"하지만……."

"상황이 그럼에도 이곳에 얼마간 머무르겠다고 하신 건 이런 일에 대비하기 위해서였단 것을 잊지 말길 바란다."

"……."

"또한 네 말대로 우리가 어제 여기를 떠나지 않고 있었다고 해도 마찬가지야. 어쨌든 우리는 이곳을 떠나 사천분타로 회군할 수밖에 없어. 그럼 호시탐탐 기회를 노리고 있던 마적, 비적들이 그때 쳐들어오겠지."

"……!"

선지운의 눈이 거칠게 흔들렸다. 그리고 그의 고개가 밑으로 추락했다. 그는 깊은 한숨을 내쉬고 대꾸했다.

"알겠습니다. 이번 대주님의 연극으로서 결국 터질 불행을 최소의 희생으로 사전에 차단한 거군요. 마적들을 꼬드겨 일망타진하려는 거였군요."

"그래."

"제 생각이 짧았습니다."

선지운의 목이 자라처럼 쏙 들어갔다. 그 모습에 관태 랑이 피식 웃고 말했다.

"이제 알겠나? 설사 이것이 연극일지라도 대주님께서 이 마을에 사는 사람들을 걱정한 마음은 진심이라는 것 을."

"예……."

관태랑이 멈췄던 발을 뗐다. 그러자 선지운과 뒤의 천 랑대원들도 다시 움직였다. 그들은 어느새 더 멀리, 훌쩍 앞서 가는 천마검을 보았다.

관태랑이 천마검의 등을 보며 말했다.

"저분은…… 자신의 사리사욕을 채우기 위해 연기를 하는 가짜 제왕이 아니다. 민초들의 아픔까지 자신의 가 슴에 꾹꾹 눌러 담으며, 더 가혹한 진실로부터 보호하기 위해서 스스로 거짓말쟁이가 되는…… 진짜 제왕인 분이 야."

"……."

"자네가 아까 말한 그 시신의 죽음에 가장 슬퍼할 사람은 가족이겠지. 하지만 가장 분노하고 있는 사람은 바로 저분이시다."

선지운은 떨어트렸던 고개를 들어 천마검의 등을 보았다.

태산 같이 크고 강건한 등이라고 생각했었다. 그런데 지금 보니 그 등에서 고독한 절대자의 기운이 느껴졌다. 그 고독에 어린 분노까지도.

관태랑은 그런 선지운을 흘낏 보고 말했다.

"그래서 내가 선택한 분이다. 나는 패왕의 별에 저분 말고는 다른 어떤 누구도 생각할 수 없다."

"그렇군요."

마침내 선지운도 천마검이 패왕의 별에 가장 근접한 인물이라는 것을 마음속으로부터 인정했다.

관태랑이 행복한 미소를 머금었다.

"사내로 태어나 저런 분을 모실 수 있다는 것에 난 항상 희열을 느낀다."

"……."

"좋지 않은가? 가슴이 절로 뜨거워지지 않는가? 저분이 어떻게 천하를 손에 넣을 것이며, 어떻게 천하인들의 마음을 사로잡을 것인지. 나는 언젠가 현실이 될 그날을 생각하면 자다가도 가슴이 설렌다."

선지운의 입꼬리도 슬며시 올라갔다.

"그렇군요. 저도…… 기대가 됩니다. 설렙니다."

그의 말에 관태랑이 미소 지었다.

"그래도 어쨌든 자네는 정파인데 정파를 무너뜨릴 일이 기대되는가?"

선지운의 얼굴이 굳었다. 그가 고개를 다시 떨어트리자 관태랑이 호탕하게 웃었다.

"하하하, 삼 년 뒤에 떠나지 않겠다고 애걸복걸하는 거 아닌지 모르겠군."

선지운은 뒤통수를 긁적였다. 그리고 묵묵히 걸어가며 천마검의 등을 보았다.

천마검 백운회.

그로 인해서 선지운은 새로운 사실을 깨닫고 있었다.

어떤 종교, 단체, 가치관보다 사람을 끌어당기는 가장 무서운 늪은 바로 사람이라는 것을.

여인이 사랑을 위해 나라를 배신하기도 하듯이, 사내 역시 그럴 수 있다는 것을 깨달았다. 그래서 자신도 모르게 씁쓸한 웃음이 입가에 맺혔다.

청하리의 중앙 공터.

그곳에는 일백여 마적들과 노예로 끌려갈 사백여 마을 사람들이 운집해 있었다.

새벽에 끌려 나온 주민들 대부분은 손이 묶였고, 마적들은 이제 얼마 남지 않은 이들을 동아줄로 묶기 위한 막바지 작업에 한창이었다.

마적들 중 거대한 덩치의 한 털북숭이 장한이 여인의 손을 묶으려다가 음흉한 미소를 지었다. 그의 두툼한 손이 젊은 여인의 옷을 헤집고 들어가 그녀의 가슴을 우악스럽게 쥐었다.

"크크크. 반반하게 생긴 것이 사내들 애 좀 태웠겠구나."

처녀가 놀라 사내와 조금이라도 떨어지기 위해 몸을 비틀었다. 그러자 털북숭이가 웃음을 터트렸다.

"크하하하. 내 손길에 흥분한 것이냐?"

그의 추잡한 농지거리에 주변 마적들이 낄낄대며 웃었다. 그때 여인의 뒤에 있던 장년의 사내가 털북숭이를 향해 달려들었다.

"이노오오오옴!"

그의 주먹이 허공을 가르며 털북숭이를 향해 쇄도했다.

주변의 마적들은 전혀 예상하지 못했는지 황당해했지만 누구도 걱정을 하지는 않았다.

퍼억!

장년인의 주먹이 털북숭이의 가슴에 꽂혔다.

찰나 정적이 흘렀다.

그리고 이내 털북숭이의 입가에 진득하고 비릿한 미소가 피어났다.

"크크크, 모기 한 마리가 왔다 갔나?"

말이 끝나기 무섭게 그의 커다란 주먹이 장년인의 면상에 박혔다.

퍽!

"끄윽!"

장년인이 비명과 함께 코피를 흘리며 뒤로 나동그라졌다. 동시에 여인이 외쳤다.

"아버지!"

주변 마적들이 다시 낄낄거리며 웃었다.

털북숭이는 주먹을 회수해 다시 여인의 가슴을 거칠게 파고들었다. 그러면서 쓰러진 장년인을 비웃었다.

"꼴에 애비라고 힘자랑하고 싶은 것이냐? 뒈지기 싫으면 잠자코 있어라."

처녀의 부친은 머리를 흔들었다. 시야가 가물가물했다. 그러나 이내 이를 악물고 일어났다.

그는 비틀거리면서 악쓰듯 외쳤다.

"그 더러운 손 당장 빼라!"

"호오! 제법이구나. 하지만 사람 잘못 봤다. 네놈이 정녕 죽어야 정신을 차리겠구나."

털북숭이의 얼굴이 살벌하게 변했다. 그리고 손을 여인의 가슴에서 빼내 옆구리에 차고 있던 도끼를 빼 들었다. 그러자 그녀가 그를 향해 빌면서 외쳤다. 그의 발밑에 조아려 바들바들 떨었다.

"살려 주세요. 제 아버집니다. 살려 주세요."

"노예로 팔릴 년이 무슨? 크하하. 이제부터 당분간 내가 네 남편이니 나를 따라라."

털북숭이가 처녀를 비웃고는 장년인을 향해 눈을 부라렸다.

"왜? 계속 들어오지 않고? 목이 잘릴 생각을 하니 이제야 겁이 나나 보지? 주제도 모르는 새끼가."

장년인의 입가가 파르르 떨렸다. 마적이 들고 있는 거대한 도끼에서 느껴지는 섬뜩함이 몸을 마비시켜 버린 것이다.

무서웠다. 그러나 그는 이를 재차 깨물고 발을 앞으로 내디뎠다. 주먹을 꾹 움켜쥐고.

자신은 아버지니까.

그러자 털북숭이가 혀로 입술을 쓱 훑고는 도끼를 위로 치켜들었다.

"크크큭. 그래, 죽는 것이 소원이라면야!"

처녀가 외쳤다.

"아버지! 오지 마세요. 제발! 오지 마세요! 흑흑흑."

장년인과 그녀의 눈이 마주쳤다. 딸이 울며 고개를 저었다. 아버지의 눈도 뜨거워졌다.

"힘이 없어…… 미안하다."

"아버지, 제발요. 흑흑흑."

딸은 이제 말도 못하고 오열했다.

그때 공터 앞의 주루의 삼층 창가에서 술을 마시던 대머리 중년인이 외쳤다.

"야! 패충!"

패충은 도끼를 든 털북숭이 장한의 이름이었다.

패충이 어깨를 움찔했다가 고개를 조아리며 대머리 중년인을 보았다.

"예, 두령님."

"노예 한 명 값이 얼마인 줄 몰라? 네가 그 연놈들 값을 대신 내놓을 거야?"

패충의 눈가가 살짝 일그러졌다. 그러나 그는 급히 구겨진 표정을 지우고 공손하게 대꾸했다.

"죄송합니다."

두령은 한때 사파에서 이름을 날리던 유명한 고수였다.

마적의 두령은 패충을 보며 묘한 미소를 짓다가 다시 입을 열었다.

"하지만……."

"……?"

"감히 네 가슴에 주먹질을 한 건방진 놈을 그냥 둘 수는 없지. 그건 우리 전체를 모욕한 거니까."

두령의 말에 패충의 입꼬리가 씨익 올라갔다. 두령이 말을 이었다.

"하여간 인간들이란 머리가 이리 나쁘다니까. 반항하면 죽는다는 것을 봤으면서도. 쯧쯧. 잊었다면 다시 보여줘야겠지. 패충!"

"옛."

"할 수 있는 한 최대의 고통을 주고 죽여라. 단숨에 죽이지 말고 팔 하나, 다리 하나. 그렇게 본보기를 보여라.

다시는 기어오르는 놈이 없도록!"

"크하하하. 제 전문입니다. 맡겨 주십시오."

내려섰던 도끼가 또다시 허공으로 올랐다. 잠시 입을 다물었던 마적들이 다시 키득거렸다.

가슴을 졸이며 혹시나 선처를 바랐던 청하리 주민들은 차마 볼 수가 없어 눈을 질끈 감았다. 그들의 감은 눈에도 이슬이 맺혔다.

대머리 두령은 잔인한 미소를 지으며 술잔을 들었다. 그러다가 자신도 모르게 '응?' 하는 의문성을 뱉었다.

별 생각 없이 시선을 멀리 던졌다. 그런데 마을의 입구에서 수십여 명의 사람들이 보였다.

거리는 아직 멀었다. 그러나 저 정도의 인원이 아침 댓바람부터 나타난 것은 영 좋은 징조가 아니었다.

"저놈들은……."

그는 말을 잇지 못했다.

공터로 들어오는 대로에 한 흑의 청년이 보였다. 대로의 가운데에서 걸어오고 있는 그가 왜 이제야 눈에 띄었는지 이해가 되지 않았다.

그 순간 그의 눈이 찢어질 듯이 커졌다.

흑의 사내가 땅을 툭 치는 것 같더니 그의 신형이 흐릿해졌다.

"헉!"

기겁성이 절로 터져 나왔다. 자신도 모르게 자리를 박차고 일어났다. 난생처음 보는 어마어마한 경공이었다.

2

패충은 처녀의 부친을 보며 잔인한 미소를 지었다.

팔부터 자를까? 아니 다리부터? 그것도 아니면 어깨나 무릎을 박살 내 줄까?

여인의 부친은 사시나무처럼 바들바들 떨면서도 주먹을 움켜쥔 채 한 발을 앞으로 내디뎠다. 그 모습에 패충의 미간에 골이 패였다.

"건방진 놈, 내가 만만해 보인다는 거냐?"

주변 마적들의 키득거리는 조소가 커졌다. 휘파람도 불었다. 일부 마적들은 패충의 잔혹성을 부추기기 위해서 고의적으로 여인의 부친을 응원하기도 했다.

한 사람의 생명이 달린 문제였건만 마적들에겐 유흥거리에 불과했다.

오열하는 처녀는 넋이라도 나간 듯 망연자실했다.

청하리 사람들은 눈을 감거나 하늘을 우러렀다.

"천지신명이시여…… 제발 우리를 구해 주소서."

한 초로인의 나직한 기원이 울음과 함께 흘러나왔다.

그리고 마침내 패충의 도끼가 움직였다.

홰액!

그런데…… 도끼가 짓쳐 드는 방향이 엉뚱했다. 장년인을 향하지 않고 허공 위로 솟구쳤다. 더 황당한 것은 그 도끼를 쥐고 있던 패충의 손까지 함께 공중으로 떠올랐다.

파아아아.

팔꿈치가 잘려 나간 패충의 팔에서 피분수가 뿜어져 나왔다.

사람들은 이 느닷없는, 비현실적인 장면에 입조차 벙긋하지 못했다.

그 찰나의 정적 뒤에야 패충이 단말마를 터트렸다. 팔의 절반이 날아간 그조차 현실을 제대로 인식하지 못했던 것이다.

"끄아아……."

털북숭이의 비명은 시작되자마자 끝났다. 그의 목이 갈라지고 머리가 바닥으로 떨어졌기에. 그리고 그의 거대한 신형이 기우뚱거리며 무너져 내렸다.

사람들은 그제야 패충이란 털북숭이가 죽게 된 이유를 깨달았다. 거대한 덩치에 가려져 있던 한 흑의사내가 모습을 드러낸 것이다.

주변의 마적들이 대경하며 급히 병장기를 빼 들었다.

"누, 누구냐?"

"네놈은 뭐냐?"

성질 급한 마적들 셋이 눈을 부라리며 백운회에게 달려들었다.

"죽어라!"

그들은 평소에 생각보다 행동이 먼저인 부류다. 하지만 지금은 생각이란 것을 했어야만 했다.

흑의 청년이 패충을 죽이는 순간까지 자신들이 왜 전혀 놈의 접근을 알아차리지 못했는지, 놈은 혼자인데도 불구하고 왜 이런 짓을 했는지 머리를 굴렸어야 했다.

쇄애애액.

백운회의 칼이 허공을 한 바퀴 돌았다. 붉은 태양빛을 머금은 칼 위로 다시 한 번 피분수가 솟구쳤다.

털썩, 털썩털썩.

세 마적이 눈을 부릅뜬 채 무릎을 꿇었다. 그리고 이내 얼굴을 땅바닥에 처박았다.

마적들과 청하리 사람들이 입을 쩍 벌렸다.

딱 한 번의 검짓이었다. 그런데 대체 어떻게 세 명의 마적이 동시에 쓰러졌는지 알 수가 없었다.

주루의 삼층 창가에 있던 대머리 두령이 빽 소리를 질렀다.

"죽여라, 아니, 피해야……. 아니, 죽여라!"

공황에 빠진 그가 뒤죽박죽인 명령을 내렸다. 그 순간 그는 허공을 가르고 짓쳐 드는 빛살을 보았다.

파아아앗!

"헉!"

마적 두령의 눈이 찢어질 듯이 커졌다. 자신의 심장을 향해 쇄도하는 하나의 비수.

마적 두령은 본능적으로 몸을 피했다. 그러나 상대가 던진 비수의 빠름은 예상을 훌쩍 뛰어넘었다.

"커흑!"

두령은 신음을 낮게 뱉으며 고개를 숙였다. 다행히 심장은 피했다. 하지만 어깨에 박혔다.

"이, 이런 젠장…… 제기랄!"

그가 분노성을 터트리며 다시 고개를 들었다. 수하들에

게 저놈을 공격하라 명하고 자신은 몰래 빠져나가야 했다. 그런 그의 얼굴이 삽시간에 하얗게 질렸다.

또 하나의 비수가 있었다. 그 비수는 어느새 자신의 눈앞까지 다가와 있었다.

콰직!

두 번째 비수가 두령의 미간 중앙에 꽂혔다.

붙잡혀 술시중을 들던 기녀들이 비명을 질렀다.

"까아아아악!"

그리고 두령의 신형이 서서히 뒤로 기울더니 나자빠졌다.

연달아 비수를 던진 백운회는 곧바로 움직였다. 경공술을 이용해 움직이는 그는 하나의 벼락이었다.

그리고 그 벼락이 향하는 곳마다 칼이 번뜩였고 비명과 피분수가 뒤따랐다.

"마, 막아라!"

마적들 모두가 소리쳤다. 그러나 그들 중 어느 누구도 백운회의 검을 한 번이라도 막아 내지 못했다.

자신들이 휘두르는 칼보다 그의 몸이 더 빨랐다. 그리고 그가 휘두르는 칼은 아예 보이지도 않았다.

파파팟! 쿵쿵쿵!

백운회가 가는 길 뒤로 마적들이 잇달아 쓰러졌다.

마적들은 삽시간에 삼십여 명의 동료를 잃었다. 더불어 그들의 수장인 대머리 두령도.

마적들 일부가 도망치기 시작했다. 그들의 뒤를 백운회가 던진 비수가 쫓았다.

"끄아아악!"

"꺼윽. 사, 살려 줘······."

맞서는 이들도 죽고 도망치는 자들도 죽었다.

마적들은 우왕좌왕 정신을 차리지 못했다. 그리고 청하리 사람들도 놀라긴 마찬가지였다.

하지만 두 부류의 표정은 확연하게 갈렸다. 마적들은 공포에 잠식당하고 청하리 사람들에겐 희망이 어렸다.

그때 누군가가 빽 소리를 질렀다.

"당장 멈춰라! 멈추지 않으면 이들을 죽이겠다!"

고함을 지른 마적, 즉, 부두령의 칼이 청하리 사람의 목에 겨눠졌다.

그제야 동에 번쩍 서에 번쩍하던 백운회가 발을 멈췄다.

뚝, 뚝, 뚝.

늘어뜨린 그의 칼에서 검붉은 핏물이 흘러 땅으로 떨어

졌다.

질식할 것만 같은 정적이 차가운 대지 위로 내려앉았
다.

붉은 태양을 등지고 선 그를 보면서 마적들은 연신 침
을 삼켰다.

상대는 사신(死神)이었다.

자신들 같은 이들은 천 명, 아니, 만 명이 있다 해도
감당할 수 있을 것 같지 않았다.

그들은 지체 없이 부두령을 따라 근처에 있는 인질들을
보호막으로 내세웠다.

"오지 마라."

"다가오면 이들을 죽이겠다."

모두가 백운회를 보며 협박했다. 그렇게 엄포를 내뱉은
마적들은 와들와들 떨었다. 반면 협박을 받는 백운회는
태연했다.

백운회는 이마를 덮은 머리칼을 쓸어 넘기고 부두령을
향해 고개를 돌렸다.

둘의 시선이 허공에서 마주쳤다. 그리고 부두령의 눈동
자가 거칠게 흔들렸다.

잘생긴 얼굴. 그리고 뺨을 가르는 검상.

"마, 말도 안 돼! 서, 설마…… 처, 천마검?"

백운회의 입꼬리가 뒤틀리며 올라갔다.

비릿하고 차가운 미소.

"후후후. 마적 따위가 감히 나를 상대로 협박질이라……."

부두령과 아직 살아남은 오십여 마적들은 상대의 정체를 알고 오금이 저려 왔다.

마교의 무시무시한 거마(巨魔)라니!

어제 떠난 줄 알았는데 그가 왜 갑자기, 하필 여기에 나타났단 말인가?

부두령은 입술이 바들바들 떨리는 와중에도 질문을 던졌다.

"대, 대체 왜? 왜 우리를 핍박하는 겁니까?"

그는 당최 지금의 상황을 이해할 수가 없었다.

처음에 일이 터졌을 때는 협객을 자처하는 정파의 고수 중 하나가 우연히 개입한 것이라 생각했다. 정말 운이 없다고 한탄했다.

그런데 마교라니?

백운회가 부두령을 쏘아보며 대꾸했다.

"청성파는 우리가 접수했다."

"……?"

"그런데 왜 너희 따위가 내 것을 탐하지?"

부두령과 마적들의 얼굴이 와락 구겨졌다.

그러니까 천마검의 말은 이곳을 자신이 먼저 찜했다는 얘기였다.

부두령은 심호흡을 하고 고개를 한 차례 흔들었다. 곤죽이 되었던 머릿속이 점차 정상으로 복귀했다. 그는 천마검을 향해 조심스럽게 입을 열었다.

"그러니까 우리는…… 천마검님께서 여기를 떠난 줄 알고 그랬습니다."

말하던 부두령의 눈가가 파르르 떨렸다.

공터로 들어오는 길에 수십여 흑의인들이 나타났다. 굳이 정체를 묻지 않아도 짐작하는 건 어렵지 않았다.

마교 최강의 부대라는 천랑대의 마인들일 것이다.

부두령의 호흡이 빨라졌다. 등줄기를 타고 소름이 기어 올라왔다. 자칫 실수했다간 목숨이 열 개라도 살아남지 못할 것이리라.

"저, 저희가 실수했습니다. 우리가 약탈한 재물들은 모두 저곳에 있습니다."

그는 주루 앞에 쌓여 있는 상자들을 가리키고는 다시

최대한 정중하게 말을 이었다.

"그리고 노예로 팔 자들을 데리고 가기 편하게 잘 묶어 두었습니다. 그러니 필요하시다……."

백운회가 그의 말허리를 끊고 물었다.

"노예 한 명의 가격이 얼마인지 아나?"

"예? 그건, 그러니까 사람마다 다른데 일반적으로……."

"멍청한 놈! 네놈의 칼이 어디에 있느냐고 묻는 것이다."

백운회의 일갈에 부두령이 화들짝 놀라 인질의 목에서 칼을 회수했다. 그리고 칼을 칼집에 넣고는 양손으로 손사래를 쳤다.

"하하하. 이 노예들은 천마검님의 재산이지요. 암요. 저희는 손끝 하나 대지 않을 겁니다. 약속드립니다."

부두령은 재빨리 주변의 수하들을 보며 인상을 썼다. 그러자 마적들도 급히 청하리 사람들에게 겨눴던 무기를 회수하고는 뒤로 물러났다.

백운회가 피식 웃으며 고개를 끄덕였다.

"말이 조금 통하는군."

부두령은 천마검의 미소를 보고 한시름 덜고는 소매를

들어 이마의 식은땀을 훔쳤다. 그리고 최대한 순하게 미소를 지었다.

"예. 어쨌거나 저희는 같은 흑도의 인물이 아닙니까?"

백운회의 눈빛이 날카로워졌다.

"마적 따위가 감히 대 천마신교와 같다는 거냐?"

부두령의 목이 자라처럼 쏙 들어갔다.

"아, 아닙니다. 절대 아니지요. 그냥 저는 단지…… 그러니까 위선적인 정파 놈들보다는 조금 낫다는 것입니다. 그뿐입니다. 저희 벌레 같은 놈들을 어찌 감히 대 천마신교의 최고수이신 천마검님께 비하겠습니까?"

그러면서 그는 슬금슬금 물러났다. 한시라도 빨리 이 숨 막히는 곳에서 빠져나가고 싶었기 때문이었다.

부두령을 따라 마적들도 움직였다. 그들이 향하는 곳은 주루의 옆, 말들이 있는 곳이었다.

백운회가 말들을 보고는 말했다.

"말들이 꽤 좋군."

"……."

"백여 필이라……. 팔아도 꽤 돈이 되겠지만 수하들에게 나눠 주면 꽤 좋아하겠어."

마적들의 얼굴이 울상이 되었다.

자신들이 왜 마적인가? 말을 타고 다니기 때문이다.

부두령은 속으로 이를 갈았지만 억지로 웃는 모습을 유지했다. 아무리 말이 아까워도 목숨과 견줄 수는 없었다.

"그러지 않아도 천마검님께 저희 말을 드리려 했습니다."

"나에게? 왜 그런 생각을 했지?"

백운회의 천연덕스러운 대꾸에 부두령은 솟구치는 살심을 억제하느라 어금니를 악물어야 했다.

"그러니까…… 소문으로만 듣던 천하의 영웅호걸이신 천마검님을 뵈었으니 사소하지만 선물을 드리고 싶었다고 해야 할까요?"

그는 비굴한 미소를 지으며 허리를 연신 숙였다.

그리고 마침내 관태랑 일행이 공터에 도착했다.

백운회가 관태랑을 향해 말했다.

"저들이 말을 선물로 주겠다는군."

관태랑이 어깨를 으쓱하며 답했다.

"접수하겠습니다."

관태랑이 천랑대원들과 함께 주루 옆으로 향했다. 그리고 그들이 엉거주춤하고 있는 마적들을 지나치는 순간 백운회가 말했다.

"관태랑, 난 쓰레기가 싫다."

관태랑이 씩 웃으며 답했다.

"저 역시. 그럼 치우겠습니다."

어리둥절해하는 마적들에게 관태랑과 천랑대원들이 달려들었다.

부두령이 백운회와 관태랑을 번갈아 보며 간절하게 외쳤다.

"대체 왜? 왜 이러시는 겁니까?"

마적들은 집어넣었던 무기를 뺄 생각조차 하지 못했다. 앞으로 달려드는 천랑대의 가공할 기세에 얼어붙은 것이다.

관태랑이 부두령의 질문에 싸늘하게 답했다.

"쓰레기를 치우는 데 이유 따위는 필요 없다."

서걱!

부두령의 목이 떨어졌다. 그리고 마적들의 비명이 잇따라 터졌다.

싸움은 시작하자마자 끝났다. 아니, 애초에 싸움이라고 할 수도 없었다. 일방적인 학살이었으니까.

청하리 사람들은 마적들이 모조리 죽었음에도 불구하고 굳어 있었다. 아니, 그들의 표정엔 더 짙은 두려움이 떠올랐다.

모두가 죽은 마적들을 보다가 이내 한 사람에게 시선이 모아졌다.

천마검 백운회.

숱한 소문을 몰고 다니는 인물.

불패의 명장, 상상도 못할 악인, 수많은 여인들을 겁탈했다는 색마, 정파의 어떤 협객보다 더 의로운 마도의 협객, 마협(魔俠).

이제 자신들의 생사여탈권은 마적들에게서 저 사람에게 넘어간 것이다.

그렇게 모든 이들의 눈이 백운회에게 향해 있는 가운데 관태랑이 수하들에게 명을 내렸다.

"줄을 풀어라."

천랑대원들이 청하리 사람들 속으로 들어갔다. 그리고 단도를 꺼내 손을 묶은 줄을 끊었다.

신체를 구속하던 줄이 풀리는데도 사람들은 웃지 못했다. 그들의 머릿속에 천마검에 이어 마교도에 관한 갖가지 소문이 떠올랐다.

잔혹한 마인들.

사람들의 생살을 씹어 먹고 피를 마신다고 했다. 그리

고 인간을 사냥한다는 말도 있었다.

그럼 지금 이들은 자신들을 일단 풀어 주고 사냥하려는 것일까?

모두가 겁에 질려 백운회를 보았다. 그의 입에서 어떤 말이 나올까 두려워하며.

그리고 사람들의 눈이 찢어질 듯이 커졌다.

천마검 백운회.

그가 자신들을 향해 허리를 숙이고 있었다.

그 무시무시하다는 마두가 힘없는 자신들을 향해서 고개를 조아렸다.

"죄송합니다."

천마검의 말에 사람들은 멍하니 있었다. 줄을 푸느라 열심히 움직이던 선지운도 놀라 입을 쩍 벌렸다.

천마검 백운회가 이 사람들을 향해 허리를 숙이다니?

전날 관태랑 부대주가 식사를 하다가 한 말이 떠올랐다.

천마검은 마교의 교주인 뇌황에게조차 허리를 숙이지 않는다는 말이었다. 보게 될 때에도 가벼운 목례가 전부라고 했다.

그런데…… 이 사람들을 향해 저 사람이 허리를 거의

직각으로 숙이고 있었다. 그리고 사죄하고 있었다.

폭풍 같은 충격이 선지운의 뇌리를 강타했다.

무림인이, 그것도 엄청난 고수가 평범한 사람들을 향해 저런 모습을 보이는 것은 태어나 한 번도 본 적이 없었다.

백운회는 다시 허리를 폈다. 그리고 영문을 몰라 어안이 벙벙한 사람들을 향해 다시 말했다.

"죄송합니다."

털북숭이에게 죽을 뻔했던 장년인이 용기를 내어 물었다.

"뭐가 죄송하다는 말씀이십니까?"

백운회가 그를 보고 무겁게 말했다.

"지켜 주지 못해서."

"……."

"이렇게밖에 할 수 없었던 사정이 있었습니다."

장년인은 천마검이 당최 무슨 말을 하는지 알 수가 없었다. 그러나 꼭 물어야 할 것이 있었다.

"우리를…… 놓아주시는 겁니까? 살려 주시는 겁니까?"

백운회는 고개를 끄덕이며 답했다.

"물론입니다. 여러분들은 빼앗긴 재물을 찾아 집으로 돌아가시면 됩니다."

마침내 사람들의 표정에 안도와 기쁨이 일렁였다. 그러면서도 믿기지 않는다는 눈빛으로 천마검을 주시했다.

백운회는 선지운을 향해 말했다.

"선지운."

놀라서 멍하니 있던 선지운이 퍼뜩 정신을 차렸다.

"예? 예! 대주님."

"자네가 고생 좀 해 줘야겠어. 강탈당한 재산을 돌려드리도록."

선지운의 얼굴에 미소가 퍼졌다. 괜히 어깨춤을 추고 싶은 마음까지 들었다.

"예, 그리하겠습니다."

"집이나 가구가 부셔진 사람들, 그리고 이번 일로 가족을 잃은 사람들도 빼먹지 말고 확인도록 해. 마을 사람들과 의논해서 보상을 해야 할 테니까."

"예? 보상이요? 우리가 말입니까?"

"그래."

"그러려면 은자가 적지 않게 필요한데……."

선지운이 말꼬리를 흐리자 백운회가 피식 웃었다.

"청성파에 쌓여 있던 재물이 산더미야."

"그, 그렇군요."

"그리고……."

백운회가 관태랑을 향해 시선을 옮겼다. 그러자 관태랑이 어깨를 으쓱하고 말했다.

"물론 한 놈은 살려 두었습니다."

관태랑은 들고 있던 단도를 마적 시신들을 향해 던졌다. 그 단도는 대자로 엎어져 있던 한 마적의 얼굴 바로 옆에 떨어졌다.

그러자 그 마적의 신형이 움찔했다.

관태랑이 고소를 삼키고 말했다.

"이봐, 당장 일어나지 않으면 다음엔 네 뒤통수야."

그 말이 끝나기 무섭게 죽은 줄 알았던 마적 한 명이 벌떡 일어섰다. 그리고 오체투지 했다.

"살려 주십시오."

"물론. 네놈들 근거지로 가서 여태 약탈했던 재물을 가져와야 하니까. 그 재물은 이제 좋은 데 쓰여야 하지 않겠어?"

"예. 그, 그렇습니다."

"잘 협조하면 살려 줄 것을 약속하지."

"충성을 바치겠습니다."

지켜보던 백운회는 고개를 돌렸다. 자신이 왔던 길로 한 여인이 무서운 속도로 질주해 오고 있었다.

천랑대 삼조장 수라마녀였다.

그녀는 홀로 청성파에 몰래 남았다. 아군과 연락을 취하는 전서구 때문이었다.

어느새 관태랑이 백운회 곁으로 다가와 말을 건넸다.

"보나마나 당문에서의 승전보겠군요. 이제 사천 점령은……."

관태랑이 말을 흐리며 잇지 못했다. 빠르게 다가오는 수라마녀의 표정이 심상치 않았기 때문이었다.

백운회는 창백한 수라마녀를 보며 나직한 신음을 흘렸다.

"음……."

백운회의 고개가 위로 올라갔다.

구름 한 점 없는, 눈이 시리게 청명한 하늘.

"돌탑을 부술 준비가 끝났다 했는데, 승전보가 아니라 비보(悲報)라……."

3

마적의 두령이 죽은 주루의 일층.

백운회는 수라마녀에게서 건네받은 작은 쪽지를 주루 입구에서 가장 가까운 자리에 앉아 읽었다.

내용은 네 가지로 간략했다.

첫째, 돌탑을 부수려는 계획을 무림서생이 미리 간파하고 독수와 짜고서 무형지독을 빼돌렸다는 얘기.

둘째, 그래서 당문세가에서 대패(大敗)하고 돌아가고 있다는 내용.

셋째, 패배의 모든 책임은 천마검의 작전 실패 때문이라는 지적.

마지막으로 넷째, 상황이 위급하니 곧바로 사천 분타로 복귀하라는 내용이었다.

백운회는 단숨에 내용을 읽고는 관태랑에게 쪽지를 건넸다.

수라마녀가 백운회를 향해 말했다.

"대주님! 이건 말도 안 돼요. 어째서 패배의 책임이 대주님께 있다는 거죠?"

백운회는 눈을 감고 침묵했다. 그러자 주루의 주인인 루주가 눈치를 살피며 다가와 백운회 앞에 찻잔을 놓았다.

백운회는 눈을 떠 그녀를 향해 살짝 미소를 지으며 말했다.

"고맙소."

"예, 뭐 필요하신 게 있으면 말씀만 하세요."

중년의 그녀는 덜덜 떨면서도 백운회의 얼굴을 훔쳐보았다.

이 사람이 소문으로 듣던 그 무시무시한 마인인 천마검이라니!

아니, 아니다.

그건 뜬소문이었다.

이 사내는 정파의 어떤 협객보다도 더 따뜻한 가슴을 가진 무인이었다. 자신이 직접 보지 않았던가!

또한 천마검 옆에 서 있는 사내는 무뚝뚝해 보였지만 대단한 미남자였다. 마교의 고수들은 모두 다 이렇게 미남인 것인가, 라는 생각마저 들 정도였다.

루주가 묘한 눈빛으로 서 있자 관태랑이 물러나게 했다. 그리고 한숨을 한 차례 뱉고는 말했다.

"대주님. 당문에서의 전황을 자세하게 파악할 필요가 있습니다."

백운회는 어느새 다시 눈을 감고 있었다. 무슨 생각에

골몰하는 표정이라 관태랑은 한숨을 삼키고 시선을 밖으로 던졌다.

선지운과 천랑대원들 그리고 마을 사람들이 분주히 움직이고 있었다. 그들 모두의 얼굴에 웃음이 함박 걸렸다.

수라마녀도 대주가 뭔가 고심하고 있는 것을 알기에 방해하지 못하고 입술만 잘근잘근 깨물었다.

그러길 일각.

마침내 백운회가 피식 실소를 뱉더니 눈을 떴다. 그러자 수라마녀가 득달같이 질문을 던졌다.

"대주님! 어떻게 하실 건가요? 사천성 점령군의 사령관은 대주님이세요. 이대로 선선히 패배의 책임을 받아들여선 안 됩니다."

백운회는 식은 차를 홀짝이고는 다시 실소를 흘렸다. 그리고 어이없다는 듯이 고개를 젓다가 중얼거리듯이 말했다.

"무림서생, 천류영, 천류영. 그 꼬맹이 녀석이…… 참나. 나를 이리 두 번이나 물 먹이는군."

수라마녀가 황당한 눈으로 백운회를 보다가 멀리 떨어져 눈치를 보고 있는 루주를 향해 말했다.

"여기 독한 술 한 병 가져와요."

그리고는 다시 백운회에게 말했다.

"대주님, 지금 천류영, 그자 얘기나 할 때가 아니에요."

"관태랑 말대로 전황에 대해서는 세세히 알아봐야겠지. 그러나 어쨌든 패배는…… 내 탓도 크다."

수라마녀가 기가 차서 반박하려고 했다. 그러나 관태랑이 더 빨랐다.

"대주님! 그게 무슨 말씀이십니까?"

"첫째, 난 소교주와 태상장로님 그리고 흑천련의 두 수장을 믿었다."

"……."

"설사 무형지독을 제거하는 데 실패했더라도 우리는 압도적인 전력을 가지고 있었어. 그러니 싸울 방법은 많아. 그런데 대패라니."

그의 말에 수라마녀가 손뼉을 짝 쳤다.

"맞아요. 그들의 무능함이 문제였을 거예요. 그런데 감히 대주님께 자신들의 실수를 덮어씌우려고 하다니!"

백운회는 수라마녀의 호들갑에 살짝 눈살을 찌푸렸다. 그러나 자신을 걱정하는 마음인 것을 알기에 묵인하고 말을 이었다.

"둘째, 천류영, 그 녀석은 내 생각보다 더 뛰어난 놈이라는 것. 난 그것을 인정하지 않았어. 녀석의 머리가 나보다 더 뛰어나다는 것을."

"……!"

관태랑과 수라마녀는 너무 놀라 눈을 치켜떴다.

자신들의 신(神)인 천마검이 적의 책사를 가리켜 더 뛰어난 인물이라고 인정을 하다니.

저번에 천류영이 두려운 존재라고 말한 것보다 훨씬 더 큰 충격이었다.

관태랑이 입술을 꾹 깨물었다가 마치 말 한 마디, 한마디를 토해 내듯이 뱉었다.

"대주님. 죄송하지만 그 말씀은 받아들일 수 없습니다."

수라마녀도 거들었다.

"저 역시 부대주님과 같아요. 세상의 그 어떤 인물도 대주님보다 더 나을 수 없어요."

백운회는 남은 차를 단숨에 들이키고는 고개를 저었다.

"관태랑, 수라마녀. 내 말이 그렇게 듣기 싫은가? 싫더라도 받아들여야 해. 천류영, 녀석은 진짜야."

관태랑이 이를 악물었다가 말했다.

"무림서생이 대단하다는 건 인정합니다. 하지만 대주님과 비교할 수는 없습니다."

"아니, 인정해야 해. 그래야 그를 이길 수 있으니까."

"……."

"상대의 뛰어남을 인정하지 못하면 백 번 싸워도 백 번 다 패하게 돼 있어. 그렇다고 질투하는 건 못난 짓이고. 치졸한 음모나 꾸미게 되지."

때마침 루주가 술과 간단한 요깃거리를 내왔다.

백운회는 관태랑도 수라마녀 옆에 앉으라 하고는 그의 술잔에 잔을 채웠다.

"우린 잘난 사람들을 숱하게 보아 왔어. 어렸을 때에는 어지간한 어른들이 다 우리보다 낫지. 그건 어쩔 수 없는 거야."

"……."

"중요한 건 누가 잘났느냐가 아니야. 인정하는 거지. 사실 세상을 살아가는 데 무언가를 인정해야 하는 것만큼 어려운 일은 없어. 내 실수, 상대의 우월함, 내 초라함, 개 같은 현실."

"……."

"그 어떤 것도 쉽게 받아들이고 인정하기 어렵지. 하지만 인정해야 해. 그래야 앞으로 나아갈 수 있으니까."

관태랑이 술병을 들어 백운회 앞에 놓인 잔에 술을 따르고 말했다.

"맞는 말씀입니다. 하지만 전 무림서생이 대주님보다 더 낫다고 한 말씀은 여전히 받아들일 수 없습니다."

백운회는 쓴웃음을 지으며 어깨를 으쓱거렸다.

"뭔가 오해를 하고 있는 것 같군. 그의 두뇌가 나보다 낫다고 했을 뿐이야. 머리가 좋다고 수 싸움에서 꼭 이기는 건 아니지. 전쟁에서 강한 자가 꼭 살아남는 것이 아니듯."

수라마녀가 자작하며 말했다.

"그럼 대주님께서 하고 싶은 말씀이 뭔데요?"

백운회의 눈빛이 강렬해졌다. 그는 술을 들이키고는 짙은 미소를 지었다.

"난 녀석이 두려웠다. 녀석과 붙지 못할 것도 없지만 분명 상당한 피해를 입을 것이라고 생각했어. 내가 아끼는 수하들을 많이 잃는다는 건 씁쓸한 일이지."

"……."

"그래서 직접 상대하기보다는 정파의 권력 다툼에 도

태되는 것을 노렸다. 그건…… 나답지 않았어."

백운회가 자리에서 일어났다. 그러자 관태랑과 수라마녀도 급히 술잔을 비우고는 따라 일어났다.

관태랑이 물었다.

"어떻게 하실 겁니까?"

"천류영."

"……."

"그때 사천 분타를 잃더라도 놈을 끌고 가야 했어. 억지로라도 내 옆에 앉히고 수백, 수천 번이라도 설득했어야 했어."

"……."

"관태랑."

백운회의 부름에 관태랑이 답했다.

"예, 말씀하십시오."

"나, 그 녀석을 가져야겠다."

백운회가 주루 밖으로 나섰다. 그러자 수라마녀가 뒤따라오며 말했다.

"사천 분타로 가야겠지요?"

백운회가 고개를 저었다.

"가더라도 늦었을 거야. 의미 없는 짓이지."

"예? 설마요?"

"내가 천류영이라면 이번 기회에 사천 분타까지 삼켰을 테니까. 이렇게 좋은 기회가 또 있을까? 적군을 대패시켰고 우리는 청성산에 있으니."

수라마녀의 얼굴이 심각해졌다. 그녀는 낮은 신음을 흘리고 물었다.

"음…… 그럼 우리는 이제 본교로 퇴각하는 겁니까?"

뒤따라 나온 관태랑이 그녀의 말을 받았다.

"삼 조장, 방금 대주님께서 말씀하셨잖아. 천류영, 그 자를 갖겠다고."

수라마녀가 침을 삼키고 백운회를 보았다.

"그럼…… 다시 싸우는 겁니까?"

백운회가 씩 웃었다.

"싸우지 않고 그 녀석을 얻을 수 없으니까. 일단 굴복시켜야겠지."

"하지만…… 대주님의 말씀처럼 뛰어난 자이니 어렵지 않을까요? 무림서생이 철웅성의 사천 분타에서 수비로 임한다면……."

수라마녀가 난감한 기색으로 말을 흐리자 백운회가 말했다.

"녀석을 밖으로 끌어내면 된다. 우리에겐 아주 훌륭한 미끼가 있으니까."

"……?"

"나올 수밖에 없을 거다. 아주 조심하면서, 우리의 움직임을 예의 주시하면서 말이지."

"…… ."

"그리고 가장 중요한 건 내가 선수(先手)를 쥐고 있다는 거야."

선수.

바둑을 둘 때 돌을 먼저 놓는 것을 말한다. 즉, 주도권을 쥘 수 있다는 얘기였다.

관태랑은 뭔가 알 것도 같다는 묘한 표정을 지었고 수라마녀는 도통 무슨 말인지 몰라 입술을 삐죽 내밀었다.

*　　　　*　　　　*

무림맹 사천 분타.

낮에 두 시진 동안 잔치가 열렸다.

백호단, 현무단, 곤륜, 독고세가, 당문 그리고 뒤늦게 합류한 많은 청성인들까지.

문파와 남녀노소를 가리지 않고 술을 마시고 승전가를 불렀다. 모두가 한마음 한뜻이 되어 어울렸다.

살아남은 기쁨을 만끽하며 동료를 잃은 슬픔을 술로 위로했다.

그리고 최소의 경계 무사들만 남기고 숙면에 들어갔다.

만 하루 이상의 시간을 싸움과 긴장으로 지낸 이들은 깊은 잠에 빠져들었다.

그리고 깊은 밤.

회의실로 일단의 사람들이 모였다.

이른바 사천 분타에 있는 수뇌부였다. 그리고 남궁수나 팽우종 같은 후기지수들도 참여했다.

충분한 수면과 운기조식으로 신색이 훨씬 좋아진 사람들은 이내 회의에 몰입했다.

상석에 앉아 있는 독수 당철현이 앞에 서 있는 모용린의 얘기를 듣다가 손을 들었다.

"빙봉, 잠깐만. 조금 이해가 안 가는 구석이 있어서 말이지."

당철현의 개입에 자리에 앉은 이들이 모두 고개를 주억거렸다.

모용린이 예의 차가운 얼굴로 쓴 미소를 지었다. 자신

도 천류영에게서 이 부분에 관한 얘기를 들었을 때 이해가 가지 않았으니까.

당철현이 질문을 던졌다.

"천마검이 퇴각하지 않을 것이라는 것, 패잔병들과 다시 우리를 노릴 것이라는 얘기. 다 좋아. 그럴 수 있어. 하지만 왜 우리가 이 유리한 곳을 놔두고 밖으로 나가야 한다는 거지?"

분명 모용린에게 질문을 던지는데 그의 시선은 독고무영 옆에 앉아 있는 천류영을 향했다.

그리고 좌중의 시선도 모용린에게서 천류영에게 옮겨왔다. 이 광경에 천류영은 속으로 한숨을 삼켰다.

빙봉을 배려했음인데 이와 같은 상황은 오히려 그녀를 욕보이게 만드는 꼴 아닌가?

많은 이들이 눈으로 천류영에게 대답을 요구했다. 그러나 천류영은 침묵을 지켰다.

천마검과의 싸움에서 빙봉의 역할이 매우 중요했다. 정확한 상황 파악과 때를 맞춰야 하는 일로써 그녀만 한 적임자는 찾기 어려웠다. 그러기 위해서는 그녀를 향한 군웅들의 신뢰회복이 우선이었다.

모용린이 입을 열었다.

"곧바로 이어질 내용이었습니다."

"그런가? 방해해서 미안하군."

"천마검에게 우리를 밖으로 꼬드길 미끼가 존재합니다."

그제야 사람들의 시선이 천류영에서 모용린에게로 이동했다.

독고무영이 고개를 갸웃거리며 물었다.

"미끼?"

모용린이 고개를 주억거리며 답했다.

"예, 점창파가 있습니다."

"……!"

"천마검은 패잔병들과 합류해서 북상하고 있는 점창파를 노릴 겁니다."

좌중은 나직한 신음을 흘리면서 입술을 꾹 깨물었다. 지원군으로 오고 있는 점창파가 오히려 위험을 부르는 존재로 둔갑해 버리다니!

한추광이 앞에 놓인 찻잔을 손가락으로 톡톡 두드리며 말했다.

"그렇군. 우리가 지원하러 가지 않으면……."

그가 말을 흐리자 능운비 현무 단주가 말을 받았다.

"점창만으로는 결코 그들을 당해 낼 수 없습니다."

모두의 얼굴이 굳어졌다.

기실 회의실에 와서, 싸움은 아직 끝나지 않았다는 얘기를 들었을 때만 해도 딱히 심각한 생각을 하지 않았다. 그저 마교와 흑천련이 퇴각하고 그 전후 처리 문제를 논의한다고 여긴 것이다.

천랑대와 흑랑대 그리고 소교주와 도망친 패잔병들의 인원을 다 합치면 육백 명에 가까운 대군이었다. 더구나 사천 분타에서 빠져나간 이들의 숫자도 삼백여 명에 가까웠다.

총 팔백에서 구백여 명의 대군이었다. 여기에서 부상자를 제외한다면 작전에 투입될 인원은 칠백여 명으로 추정할 수 있었다.

독고무영이 팔짱을 끼고 손가락으로 턱을 긁다가 말했다.

"빙봉, 점창 장문인께서 데리고 오는 이들이 칠백 명이라고 했었나?"

사실 과한 인원이었다. 자존심이 강한 그는 모처럼 많은 문파들과 어울릴 기회에 힘을 과시하고 싶어 했다.

청성파나 당문세가에 기죽기 싫어서였다. 하지만 지금

은 그의 과한 자존심이 다행으로 여겨졌다.

모용린이 대답했다.

"예. 하지만 전력의 절반은 실제 전투가 벌어지면 별 도움이 되지 못할 겁니다. 오히려 거치적거리지 않으면 다행이겠지요."

그녀의 무서울 만큼 냉정한 분석에 회의실 내부가 살짝 얼어붙었다. 타 문파의 전력을 저렇게 깎아내릴 수가 있다니.

과연 빙봉이라는 생각과 더불어 지금 이 얘기를 점창 장문인이 들었으면 얼마나 노발대발할지 눈에 선했다.

조전후가 입을 열었다.

"우군사, 전서구로 사천 분타를 수복했으니 올 필요가 없다고 전하면 안 되는 거요?"

그의 말에 좌중이 모두 고소를 머금었다.

잔뜩 준비를 하고 올라오는 이들이었다. 그런데 일 없으니 돌아가라고 하면 그냥 돌아갈까?

특히나 자존심 강한 점창 장문인이 순순히 '오냐. 그러지.' 라고 할 리가 없었다.

모용린이 아주 싸늘한 시선으로 조전후를 보았다. 낮에 그가 자신에게 건넨 말이 아직까지 가슴에 앙금으로 남아 있었다.

"조 대협이 점창 장문인이라면 받아들이겠어요?"

조전후가 냉큼 고개를 끄덕였다.

"받아들이고말고. 흑랑대와 붙어 본 사람은 내 말뜻을 다 알 겁니다. 더구나 그보다 한 수, 아니, 훨씬 강하다고 알려진 천랑대까지. 그들이 노리고 있다면 나라면 곧바로 돌아가지. 암! 미쳤나? 죽을 자리로 들어가게."

"저번에 흑랑대와 붙기 전에도 조 대협께서는 그런 생각을 가지고 계셨나요?"

"응? 나야……."

조전후는 입술을 깨물고 고개를 푹 숙였다.

천마검 애송이 따위야 하나도 겁 안 난다고 외치던 기억이 떠올랐기에. 그리고 흑랑대주를 향해서는 죽마고우의 복수를 하겠다고 별렀었다.

모용린은 고개 숙인 조전후의 머리를 보며 말했다.

"일단 위험하니 돌아가는 것이 좋겠다는 전서구는 보냈습니다. 하지만 점창 장문인은 오히려 독기를 품고 반드시 이곳까지 올라올 겁니다. 그런 분이니까요."

"……."

"그리고 천마검이 자신들을 노린다는 경고엔 오히려

쾌재를 부를 분입니다. 패잔병 따위야 하면서 말이죠."

그녀의 말에 독고무영이 공감하는 낯빛으로 대꾸했다.

"빙봉의 말이 옳네. 공을 세울 기회라고 생각하겠지. 으음, 결국 우리가 지원을 갈 수밖에 없다는 뜻이군. 하지만 이곳을 비워 둘 수도 없으니 많은 이들을 빼낼 수도 없을 것이고. 이거…… 진짜 문제군."

많은 이들이 한숨을 조용히 내쉬었다.

다 끝난 싸움이라고 생각해서인지 더욱 고민스러웠다. 특히나 천랑대와 흑랑대의 무서움을 아는 이들은 고개까지 절레절레 저었다.

모용린이 좌중을 천천히 훑고 말했다.

"이곳과 점창의 전력을 더하면 수적으로 훨씬 우위이나 병력의 질을 따지면 우리가 열세라고 할 수 있습니다."

"……."

"그래서 사령관과 저는 반드시 승리하기 위해 고심을 거듭했습니다."

그녀의 말에 좌중의 눈이 빛났다.

무림서생이 빙봉과 함께 머리를 굴렸다는 그것만으로도 힘이 나는 기분이었다.

모용린이 차가운 미소를 살짝 짓고 말했다.

"우린 점창을 돕지 않습니다."

"……!"

"돕는 척 움직입니다. 그리고 천마검, 그자만을 노립니다. 그럼 그들은 혼란에 빠질 겁니다."

사람들은 숨조차 쉬지 못하고 빙봉의 얘기에 빠져들었다.

"천마검은 분명 부대를 셋으로 나눌 겁니다. 점창파가 오는 길목으로 부대를 파견할 겁니다. 그리고 이곳, 사천 분타에도 부대를 보낼 겁니다. 우리가 너무 많이 점창을 지원하지 못하도록 견제할 의도로 말이죠."

"……."

"그리고 천마검은 스스로 한 부대를 이끌 겁니다."

한추광이 눈을 빛내며 물었다.

"천마검은 무슨 역할인가?"

"그는 별동대. 점창파를 다른 부대와 협력해 칠 수도 있고, 도우러 가는 우리를 노릴 수도 있습니다. 여차하면 이곳을 견제할 부대와 힘을 합쳐 다시 사천 분타의 재탈환을 시도할 수도 있겠지요."

"……."

"현장에서 돌아가는 전황을 보고 스스로 결정하는 거죠. 천마검이니까 할 수 있다고 봅니다."

모용린은 기실 답을 알고 있었다.

천류영이 낮에 해 준 말.

천마검은 이곳에서 나갈 천류영을 노릴 것이었다. 그리고 천류영이 나오지 않는다면 점창파를 우선적으로 노릴 것이고.

그렇기에 천류영이 나가야 했다. 그러지 않으면 점창파는 몰살할 것이기에.

오후에 합류한 청성파의 신검룡 나한민이 입을 열었다.

"그럼 놈들이 움직이기 전에 우리가 이곳에서 먼저 점창을 마중 나가면 되지 않겠소?"

남궁수가 고개를 저으며 끼어들었다.

"천마검은 우리의 움직임을 주시할 터이니 쉽게 움직여서는 안 됩니다. 왜냐하면 우리가 먼저 많은 이들을 점창에 지원보낸다면…… 여기가 위험해집니다. 마교도들 전원이 이리로 공격해 올 수도 있지요. 그렇다고 점창파에 적은 인원을 파견하는 것은 별 의미가 없을 테고 말입니다."

"아! 그렇군. 적당한 병력이 문제인가?"

"그 적당한 병력이란 것이 애매합니다. 적이 아직 움직이지 않고 있으니까요."

모두가 고개를 끄덕였다. 승리한 자신들은 황당하게도 먼저 움직일 수가 없었다.

지켜야 할 것이 두 개였기 때문이었다.

사천 분타 그리고 점창파.

반면 적들은 자유로웠다. 이래서야 수적인 우위가 별 의미가 없었다.

독고무영이 혀를 차며 중얼거리듯이 말했다.

"천마검이 선수(先手)를 쥐고 있다는 뜻이군. 쉽지 않겠어."

모용린이 말을 받았다.

"예. 그렇기에 우리는 정확한 판단과 대처, 그리고 빠른 움직임이 절실합니다."

회의는 한 시진 넘게 이어졌고, 또 한 시진 가까운 난상토론이 있고 나서야 파했다.

그 긴 시간 동안 천류영은 단 한 번도 먼저 입을 열지 않았다.

가끔 누군가가 그에게 질문을 던질 때에도 천류영은 빙그레 웃으며 똑같은 말을 반복했다.

"빙봉 우군사의 생각과 같습니다."

4

모두 회의실에서 빠져나가고 천류영과 모용린만 남았다. 천류영이 자리에서 일어나 모용린을 향해 말했다.

"수고하셨습니다."

모용린이 굳은 얼굴로 입을 열었다.

"제 명예회복을 위해서 배려해 주는 건 알아요. 하지만 사람들은 바보가 아니에요. 제가 이 자리에서 나열한 대부분의 책략은 사령관에게서 나왔다는 것을 눈치 채고 있을 겁니다."

천류영이 고개를 저었다.

"저는 그렇게 생각하지 않아요. 저와 빙봉이 함께 힘을 합쳤다고 믿을 겁니다. 왜냐하면 빙봉이니까."

모용린은 살짝 입술을 깨물었다가 창가로 걸어가 창문을 열었다.

서늘한 바람이 밀물처럼 안으로 쏟아져 들어왔다. 밤하늘엔 별들의 홍수가 펼쳐져 있었다.

그녀는 우울한 얼굴로 하늘을 보며 말했다.

"하지만 모두 다 당신의 머릿속에서 나왔죠. 그게 진실이죠."

천류영이 그녀 곁으로 다가와 나란히 창가에 섰다.

"확실히…… 이상하군요."

"뭐가 말이죠?"

"저는 빙봉에 대해 잘 모릅니다. 하지만 소문으로 들었던 빙봉은 정말이지 대단했습니다."

"훗, 실제로 보니 실망했다는 말인가요?"

"아뇨, 말 그대로 이상하다는 겁니다. 차가운 천재, 자신만만함이 하늘을 찌르는 기재, 한 번 읽은 것은 다 암기해 버리는 괴물. 그리고 그건 단순히 소문이 아니라 사실 아닙니까?"

모용린은 고개를 돌려 천류영을 보며 물었다.

"무슨 말을 하고 싶은 거죠?"

"전혀 자신만만해 보이지가 않아서요."

모용린의 눈가가 살짝 일그러졌다. 그러나 이내 쓴웃음을 깨물고 대꾸했다.

"추락했으니까."

"예?"

"천마검을 상대하고, 그리고…… 내가 얼마나 우물 안

개구리였는지 알았으니까."

모용린은 '그리고' 다음에 천류영도 언급하려고 했다. 그러나 자존심이 상해서 천마검만으로 얼버무리고 말을 이었다.

"이제 의문이 풀려 속이 시원한가요?"

천류영은 뒤통수를 긁적이며 고개를 옆으로 살짝 기울였다.

"아뇨, 전혀요."

"사령관, 지금 나를 조롱하고 싶은 건가요?"

"우물 밖에 나왔다는 얘기 아닙니까?"

"……!"

"늙어 죽을 때까지 자신의 세계에 갇혀 사는 이들도 많은데 빙봉은 그 세계를 깨트리고 나왔다는 말이잖습니까? 그런데 왜 의기소침한 겁니까? 오히려 웃어야 하는 거 아닙니까?"

"사령관……."

모용린은 흔들리는 눈동자로 천류영을 보았다.

천류영은 맑은 음성으로 담담하게 말했다.

"저 역시 천마검이 두렵습니다. 비록 소문으로밖에 접하지 못했지만 그가 이룩한 일들이 얼마나 대단한 것인지 알기에 무섭습니다. 하지만 금방 피식 웃고 인정합니다. 천마검이라면 그럴 만하지. 그렇게요."

모용린의 눈에 이채가 스쳤다.

"그를 예전부터 알았다는 말로 들리네요."

"예. 아주 어렸을 때. 나중에 한가해지면 들려줄 수 있을 겁니다."

"기대되는군요. 좋아요, 솔직히 말하죠. 난 천마검을 상대하고 나서부터 겁이 나요. 아무리 노력해도 그를 넘어서지 못할까 봐."

그녀는 가슴속에 똬리를 튼 공포를 마침내 밖으로 꺼내 말했다. 그러자 천류영이 빙그레 웃었다.

"상관있습니까?"

"예?"

"꼭 세상 모두를 발아래 두어야 합니까? 그건 독선으로 가는 지름길일 뿐입니다. 상대를 인정하지 않으면 나 자신이 발전할 수 있는 기회도 잃게 되고 맙니다."

"……."

"아! 어쨌든 암기력은 천마검도 빙봉을 따라올 수 없을 겁니다. 평생 노력해도 말이죠."

"풋."

모용린은 자신도 모르게 웃음을 터트렸다가 놀라 손으로 입을 가렸다. 그러자 천류영이 어깨를 으쓱하고는 창밖을 보았다.

"빙봉, 저는 이제 무공을 익히려고 합니다."

"그 농담, 진담이었어요?"

"예, 늦은 것을 압니다. 하지만 중요한 건 나아가는 것 아닐까요? 늦었다고 포기하는 것보다는, 늦었음에도 불구하고 나아가는 게 낫지 않을까요? 제 모자람을 인정하고 말입니다."

"……."

"자신만만한 빙봉을 본 적은 없지만 보고 싶습니다. 의기소침하면 머리가 제대로 돌아가지 않고, 판단력이 흐려져 제가 위험에 빠질 수도 있다는 점, 잊지 말아 주십시오. 제 생명, 빙봉께 달렸습니다."

모용린은 다시 짧은 웃음을 터트렸다.

"훗, 결국 그 얘기하려고 나를 위로해 준 건가요?"

천류영이 겸연쩍은 미소를 지으며 머리를 긁적였다.

모용린은 창을 넘어 들어오는 공기를 깊게 들이마시며 침묵했다. 그렇게 한참 동안 붕어처럼 입을 크게 벌렸다 닫으며 심호흡만 해 댔다.

그리고 다시 천류영을 향해 시선을 돌렸다.

차가운 얼굴 위로 눈빛이 강렬했다.

"그러죠."

"고맙습니다, 빙봉."

천류영은 돌아서 나가기 위해 발을 내디뎠다. 그때 모용린이 그를 불렀다.

"잠깐만요. 한 가지 물어볼 것이 있어요."

천류영이 의아한 얼굴로 돌아서자 모용린이 창가에 기대 팔짱을 꼈다.

"회의 시작 전에 당천위 소가주가 저에게 와서 묻더군요."

"……?"

"우리가 아침에 마교도와 싸웠던 곳. 그 장소의 시신들을 우리가 치웠느냐고."

천류영이 황당한 표정으로 물었다.

"그, 그게 무슨 말입니까? 그럼 시체들이 없어졌다는 겁니까?"

모용린이 고개를 끄덕였다.

"예. 당천위 소가주는 아군의 시신을 수습하고 적들은 상황을 봐서 매장하거나 화장하려고 했대요. 그런데 한

구의 시신도 없어서 의아해진 거죠. 사천 분타로 바삐 가야 할 우리들이 시신까지 다 수습한 것인가 하고 말이에요. 그래서 혹시나 사령관이 이곳에 와서 따로 지시했는지 궁금해서 물어본 거예요."

천류영은 이맛살을 찌푸린 채 연신 고개를 갸웃거렸다.

"아닙니다. 시신 처리에 대해 독고 가주님에게 여쭙긴 했지만 당문에서 오는 사람들이 처리할 것이라고 들어서 저는 어떤 지시도 내리지 않았습니다."

"사령관의 표정을 보고 짐작했어요."

그녀의 표정을 본 천류영이 눈을 가늘게 뜨며 말했다.

"뭔가 집히는 게 있군요."

모용린이 입맛을 다시다가 말했다.

"그게 최근 몇 년 동안 실종자가 눈에 띄게 증가하고 있어요. 또한 죽은 지 얼마 안 되는 시신들까지 없어지는 일도 빈번하게 일어나고 있고요. 인육을 매매하는 집단이라는 소문이 있는데……."

"헉! 정말입니까?"

천류영이 대경하자 모용린은 입술을 우물거리다가 이내 고개를 저었다.

"소문일 뿐이에요. 쓸데없는 얘기를 꺼냈네요. 그리고

지금은 이런 사소한 문제까지 신경 쓸 때가 아니죠."

"……?"

"일단 이 싸움을 끝낸 후에 제가 직접 조사를 해 볼 생각이에요. 그러니 이 얘긴 못 들은 것으로 하세요."

천류영은 고개를 끄덕이며 돌아섰다. 그리고 밖으로 나가 복도를 걷다가 눈살을 찌푸렸다.

인육 매매라니.

왠지 모르게 오싹해지는 기분이었다.

천류영이 전각 밖으로 나오자 낭왕과 풍운이 계단에 앉아 두런두런 얘기를 나누고 있었다.

방야철이 일어나 천류영을 향해 손을 흔들었다.

"이제 나오는군."

풍운이 볼멘소리로 투덜거렸다.

"잠깐만 기다리면 된다고 하더니 왜 이렇게 오래 걸려요?"

천류영이 미안한 얼굴로 고개를 숙였다.

"낭왕 대협, 죄송합니다. 얘기가 좀 길어지는 바람에."

방야철은 괜찮다는 표정으로 손사래를 쳤다. 천류영이 둘을 보며 귀밑머리를 긁적이며 말했다.

"역시 두 분에겐 미리 말을 해 두는 것이 나을 것 같아서. 혹시 준비할 것이 있을지도 모르니 말입니다. 아까 회의에서 들으셨겠지만 두 분은 저와 함께 움직이니까요."

천류영이 잠시 침묵하며 둘을 번갈아 보다가 말을 이었다.

"두 분이 함께 움직인다면…… 천마검을 이길 수 있을까요?"

방야철과 풍운의 얼굴에 동시에 긴장이 어렸다.

일단 절정고수에게 합격을 주문하는 건, 아주 무례하고 자존심이 상하는 말이었다.

그러나 질문자가 천류영이기에, 그리고 대상이 천마검이기에 둘은 신중한 기색으로 미간을 접었다.

방야철이 굳은 얼굴로 잠시 생각하다가 말했다.

"소문은 많이 들어 봤지만 그와 싸워 본 적이 없거니와, 그를 본 적도 없어서 장담할 수가 없군."

"소문 그대로 받아들이면요?"

"음……. 그러니까 마교주인 뇌황보다 천마검이 더 강하다는 그 소문 말인가? 아니면 새외 무림 정벌 때 수많은 고수들을 상대로 종횡무진 누비고 다녔다는 얘기 말인가?"

천류영이 고개를 끄덕였다.

"모두 다. 그렇다면 어떨 것 같으십니까?"

방야철이 잠시 침묵하다가 신중하게 말했다.

"소문이 사실이라면 지독하게 힘겨운 싸움이 될 거네."

풍운이 한숨을 한 차례 뱉고는 말했다.

"예전에 형님이 그와 마주한 적 있잖아요. 그때 난 멀리서 봤지만 그럼에도 불구하고 가슴이 꽉 막히는 듯한 충격을 느꼈었어요. 낭왕 대협의 말씀처럼 어려운 혈투가 될 공산이 커요. 하지만 쉽게 꺾이진 않을 거예요."

천류영은 둘의 말에 묵묵히 고개를 끄덕였다. 그리고 고개를 들어 하늘을 보았다.

'역시 무력만으로는 쉽지 않으려나?'

만약 천마검을 이기는 게 아니라 생포하고 싶다고 말한다면 이 두 사람은 어떤 반응을 보일까? 결코 그를 죽이고 싶지 않다고 말하면?

둘 다 말도 안 된다고 할 것 같았다.

천류영이 계속 굳은 얼굴로 서 있자 방야철과 풍운은 조용히 자리를 떴다. 둘이 전음으로 비무를 해 보자고 의견 교환을 한 것이다.

홀로 남은 천류영은 계단에 앉았다. 그리고 침묵하다가

입술을 뗐다.

"천마검 형님."

천류영의 입가에 미소가 깃들었다.

"제가 이번에 형님을 잡으면…… 제가 알고 있는 형님 이라면, 저와 함께해 주실 것이라 믿습니다. 뭐 평생은 아니더라도 십 년 정도는 도와주시겠지요? 형님이 절 도 와주시면 정말 큰 힘이 될 겁니다. 어떤 가시밭길이라도 두려움 없이 갈 자신이 있습니다."

천류영의 눈에 강한 열망이 일었다.

"그래서 전 이번에 꼭 형님을 잡을 겁니다! 제 꿈과 제 대로 된 세상을 위해서 말이죠."

*   *   *

청성산의 복건궁.

달이 서산마루에 걸렸다.

모두가 잠들었어야 할 시간이건만 복건궁 주변은 수많 은 화톳불이 어둠을 쫓아내고 있었다.

궁의 내실에서 백운회는 원탁에 앉아 손깍지를 끼고는 침묵했다. 그 뒤 좌우로 관태랑과 천랑대 일조장 폭혈도가 서 있었다.

그리고 원탁의 남은 네 자리엔 뇌악천과 몽혈비, 사혈강, 마불이 앉아 있었다.

이들이 함께 자리한 지 이각째였다.

처음엔 뇌악천과 몽혈비 장로가 백운회를 몰아붙였다. 작전의 실패로 인해 이런 처참한 패배를 당했다고 노발대발했다. 태상장로와 황마객 장로까지 죽는 참담한 패배에 대해 책임을 져야 할 것이라고 외쳤다.

그들의 분노를 백운회는 묵묵히 받아들였다.

그런데 일각 즈음 백운회가 던진 질문에서 반전이 일어났다.

"그래서 피해가 얼마나 됩니까?"

백운회는 소교주가 데리고 온 이들이 전부라고 생각하지 않았다. 흩어진 이들이 적지 않을 것이고, 그들이 늦게나마 속속 당도할 것이라고 믿었다.

그러나 뇌악천이 데리고 간 일천칠백 중 일천사백여 명이 넘게 죽었다는 말을 하는 순간부터 백운회의 표정이 섬뜩하게 변했다.

그의 얼굴뿐만 아니라 신형에서 뿜어져 나오는 기운이 지독해 뇌악천은 입을 다물었다. 몽혈비 장로와 사혈강

그리고 마불조차 분위기에 압도당했다.

사실 그들은 지금 무척이나 피곤한 상태였다. 더구나 몽혈비 장로는 다리에 중상까지 입었다.

치료와 수면이 절대적으로 필요했다.

그러나 백운회는 손대면 서리라도 묻어 나올듯 차가운 얼굴로 침묵했다.

"흑랑대주를 모셔 왔습니다."

내실 문밖에서 건조한 목소리가 들려왔다. 천랑대 이조장 귀혼창이다.

드르르륵.

문이 열리고 초지명이 안으로 들어왔다.

그와 함께 들어섰던 귀혼창이 내실 안의 분위기에 찰나 당황했지만 이내 특유의 메마른 표정을 유지했다.

초지명이 입을 열었다.

"천랑대주께서 날 찾았다고 들었습니다."

백운회가 초지명을 보고 싸늘한 시선으로 말했다.

"흑랑대의 피해는 전무하다고 들었습니다."

초지명은 입술을 깨물고 고개를 끄덕였다.

"그렇게…… 됐습니다."

백운회는 자신의 앞에 놓인, 식은 찻잔의 윗부분을 검

지손가락으로 훑으며 피식 웃었다.

"그렇게 됐다? 할 말은 그것뿐입니까?"

"……."

"내가 그동안 흑랑대주를 잘못 본 겁니까?"

"……."

"동료들 태반이 죽어 가는데 가장 후위에 있다가 먼저 꽁무니를 빼고 싶었습니까?"

초지명의 외눈이 흔들렸다. 그는 찰나 뇌악천을 보았지만 입술을 꾹 깨문 채 바닥을 주시했다.

백운회는 자리에서 일어났다. 그리고 윽박지르듯이 말했다.

"대답하세요. 당장!"

초지명은 어금니를 악물었다. 천류영이 자신에게 한 말이 떠올랐다.

무형지독의 진실을 밝히면, 그래서 당문세가에서 있었던 일이 알려지면 자신과 흑랑대는 결코 살아남지 못할 것이란 말.

초지명은 고개를 들어 백운회를 보았다.

천마검 백운회.

이 사람은 자신과 흑랑대를 지켜 줄 수 있을까?

천마검은 믿는다.

그러나 그는 권력을 믿지 않았다.

쇄애액.

찻잔이 허공을 날았다.

백운회가 집어 던진 것이다.

쨍그랑!

찻잔이 초지명의 이마에 부딪치며 박살이 났다. 초지명의 이마가 찢어져 핏물이 흘렀다.

뇌악천을 비롯한 수뇌부가 눈을 부릅뜨며 숨을 죽였다.

백운회가 초지명을 향해 으르렁거렸다.

"대답하라고 했소, 흑랑대주."

"……."

"그대의 부대만 무사하다면 동료들의 안위 따위는 상관없느냐고 물었소. 내가 그동안 당신을 잘못 본 것이냐고 물었소!"

초지명의 하나 남은 외눈으로 핏물이 스며들었다.

시야가 붉어졌다.

그는 묵묵히 백운회를 보면서 천류영이 했던 다른 말을 떠올렸다.

자신들을 왜 배려하고 그냥 돌려보내냐는 질문에 천류

영이 말한 두 가지 이유 중 두 번째.

천마검에게 물어보라고. 그가 답해 줄 것이라고.

초지명은 주먹을 불끈 움켜쥐었다.

천류영의 의도를 깨달은 것이다.

천류영의 말처럼 천마검에게 질문을 하기 위해서는 자신은 진실을 말해야 한다. 그리고 그 진실은 필연적으로 본교 내부, 더 나아가 본교와 흑천련의 분열을 가져올 수밖에 없었다.

천마검과 소교주의 대립.

천마검과 소뇌음사 그리고 사황궁의 대립.

즉, 천마검만 따돌림을 당하게 되는 것이었다.

초지명의 입가에 엷은 미소가 그려졌다.

천마검 백운회.

자신이 인정한 사내였다. 그를 곤란에 처하게 만들고 싶지 않았다. 또한 본교 내부에 분열이 이는 것도, 흑천련과 파열음이 생기는 것도 원하지 않았다.

자신이 진실만 말하지 않으면 된다. 그럼 수하들도 지킬 수 있었다.

문득 한숨이 절로 새어 나왔다.

천류영.

무서운 인물이었다.

놈은 자신이 진실을 말하도록 해 수뇌부의 분열을 꾀했다.

만약 자신이 진실을 끝까지 숨기면?

흑랑대는 전력에서 제외될 것이다. 자신이 어떤 선택을 하던 놈은 유리한 패를 하나 쥐게 되는 것이다.

정말이지 소름끼치게 무서운 자였다.

초지명은 한숨을 뱉어 낸 후 입을 열었다.

"내 수하들은…… 내 명에 따랐을 뿐입니다."

백운회가 이를 갈며 말했다.

"그 말의 뜻은 그대의 지독한, 동료까지 버린 이기심을 인정하겠다는 건가?"

초지명은 고개를 끄덕였다.

"나 하나의 목으로 끝내 주십시오."

"그게 그대의 진심이오?"

초지명이 빙그레 웃었다.

"나, 흑랑대주 초지명. 평생을 사심 없이 본교를 위해 살았습니다. 그 충심을 생각해서라도 수하들은 건드리지 말아 주십시오. 내 명에 충실했을 뿐이니까."

백운회가 핏발 선 눈으로 초지명의 붉은 눈을 직시했다.

"마지막으로 묻겠소. 그것이……."

초지명이 고개를 천천히 저었다.

"천랑대주, 당신답지 않아요."

"……!"

"군율은 추상같아야 하는 법. 안타까움으로 당신의 슬픔을 더 짙게 하지 마십시오."

"흑랑대주!"

"내가 변명을 해 주기 바라는 것이잖습니까? 하지만 난 태생이 그런 거 못하는 놈이오. 알잖습니까?"

"……."

"당신을…… 꽤 좋아했습니다. 그 이유 중 유약한 당신의 모습은 없습니다."

백운회는 주먹으로 탁자를 쾅 내려쳤다. 그리고 신형을 부들부들 떨다가 입을 열었다.

"관태랑."

관태랑이 한숨을 삼키고 답했다.

"예, 대주님."

"군율은 추상같은 법."

"……."

"흑랑대주의 목을 베어 산문에 효수하라. 수하들에게

동료를 버린 대가가 얼마나 지독한 것인지 일깨워라."

관태랑이 입술을 질끈 깨물고 망설이다가 말했다.

"대주님, 흑랑대주는 지난 삼십 년간 야전에서⋯⋯."

"어서!"

관태랑은 결국 한숨을 뱉고 고개를 주억거렸다.

"존명!"

초지명은 관태랑에 팔을 잡혀 나가며 고개를 돌려 백운회를 보았다.

"저승에서 지켜보겠소."

백운회가 고개를 들어 초지명을 보았다. 초지명이 미소로 말했다.

"그대가 무림을 일통하는 모습을. 그대가 패왕의 별이 되는 모습을."

〈『패왕의 별』 제7권에서 계속〉

패
왕
의
별

1판 1쇄 찍음 2014년 12월 3일
1판 1쇄 펴냄 2014년 12월 8일

지은이 | 강호풍
펴낸이 | 정 필
펴낸곳 | 도서출판 **뿔미디어**

편집장 | 이재권
기획 · 편집 | 윤영상

출판등록 | 2002년 9월 11일 (제1081-1-132호)
주소 | 경기도 부천시 원미구 소향로 17번길(두성프라자) 303호 (우)420-864
전화 | 032)651-6513 / 팩스 032)651-6094
E-mail | bbulmedia@hanmail.net
홈페이지 | http://bbulmedia.com

값 8,000원

ISBN 979-11-315-6123-2 04810
ISBN 979-11-315-2568-5 04810 (세트)

www.bbulmedia.com